LITERATURA BRASILEIRA
Modos de usar

Livros do autor publicados pela **L&PM** EDITORES:

50 anos de Feira do Livro
Dicionário de palavras & expressões estrangeiras
Dicionário do Porto-Alegrês (**L&PM** POCKET)
Duas águas
Escuro, claro
Literatura brasileira: modos de usar (**L&PM** POCKET)
Puro enquanto
Quatro negros

Luís Augusto Fischer

LITERATURA BRASILEIRA
Modos de usar

www.lpm.com.br

L&PM POCKET

Coleção **L&PM** POCKET, vol. 641

Texto de acordo com a nova ortografia.

Primeira edição na Coleção **L&PM** POCKET: setembro de 2007
Esta reimpressão: outubro de 2013

Capa: Marco Cena
Revisão: Elisângela Rosa dos Santos e Larissa Roso

F535l   Fischer, Luís Augusto, 1958-
           Literatura brasileira: modos de usar/ Luís Augusto Fischer. –
        Porto Alegre: L&PM, 2013.
        144 p. ; 18 cm. – (Coleção L&PM POCKET, 641)
        ISBN 978-85-254-1679-7
        1.Literatura brasileira I.Título. II.Série.

                                  CDU 821.134.3(81)

Catalogação elaborada por Izabel A. Merlo, CRB 10/329.

© Luís Augusto Fischer, 2007

Todos os direitos desta edição reservados a L&PM Editores
Rua Comendador Coruja, 314, loja 9 – Floresta – 90220-180
Porto Alegre – RS – Brasil / Fone: 51.3225.5777 – Fax: 51.3221.5380

PEDIDOS & DEPTO. COMERCIAL: vendas@lpm.com.br
FALE CONOSCO: info@lpm.com.br
www.lpm.com.br

Impresso na Gráfica e Editora Pallotti, Santa Maria, RS, Brasil
Primavera de 2013

SUMÁRIO

Apresentação / 7
1. A tradição realista / 15
2. A tradição intimista / 20
3. A literatura e o abismo social no Brasil / 24
4. A tradição da vanguarda / 28
5. Cópia, dependência, atraso, imitação e similares / 34
6. Linhagem das memórias / 42
7. O gosto pelos gêneros menores / 49
8. Regionalismo / 55
9. Super-regionalismo ou Nova narrativa épica / 63
10. A conquista da linguagem – o começo / 70
11. A conquista da linguagem – Machado e depois / 76
12. A busca da identidade nacional / 84
13. Ensaio, teatro, poesia / 91
    Ensaio, o quarto gênero literário / 91
    Teatro e teledramaturgia / 95
    Poesia, entre a contenção e o derramamento / 98
14. Malucos, irônicos, humoristas: os singulares / 102
Despedida / 108
Anexo 1 / 114
Anexo 2 / 118
    Arcadismo / 118
    Barroco / 120
    Modernismo / 123
    Realismo e naturalismo / 129
    Regionalismo / 131
    Romantismo / 134

Parnasianismo / 136
  Simbolismo / 137
Bibliografia mencionada / 141
Agradecimentos / 142
Sobre o autor / 143

APRESENTAÇÃO

Meu caro leitor: você percebeu, já há algum tempo, que precisa ler mais, porque na escola, na faculdade ou na vida profissional frequentemente aparece uma situação em que *ter lido* faz diferença. E pensou, muitas vezes, que *deveria ter lido*. Faltou ler aquele livro decisivo, que fez a cabeça de tanta gente importante. Mas você não leu, passou o tempo. Você sabe que Capitu tem qualquer coisa de importante como símbolo de alguma coisa relacionada ao modo feminino de ser, e que Drummond escreveu poemas sensacionais, ou que João Cabral, que morreu não faz muito, é importante; mas para além disso tudo são névoas ou trevas. E agora vem este problema: *não li*.

E como admitir – agora que você é este jovem ou este adulto que está com este livro na mão, talvez um pouco constrangido – que você não leu uma série de livros decisivos e, pior ainda, não tem muita ideia de como fazer para ler? Quer dizer, o problema não é apenas pegar o livro e abrir as páginas e decifrar as sequências de letras, palavras, frases e significados, que isso você faz todo dia. A questão é: como saber qual livro vale mais a pena? E por onde começar? Quer dizer: é bem possível que você se sinta, com tais e tão graves questões na cabeça, um pequeno ET no meio do mundo das letras, mas um ET que tem, no fundo do coração, muita vontade de conhecer este planeta para integrar-se nele.

Se esse é o seu caso, parabéns: você é um sujeito normal. Todo mundo *não leu* muita coisa. Para ser mais exato ainda, *ninguém* leu tudo o que deveria – nem eu, nem o melhor comentarista de cultura, nem você. Este livro foi pensado para sujeitos como você, que sabem que ler literatura é importante, que constatam que não leram o suficiente e que, enfim, procuram alguma saída para o impasse.

Será bom ter em mente que esse problema tem história. A gente olha para o cotidiano dos países mais afeitos à leitura, na Europa ou mesmo aqui na América – podem ser as grandes cidades dos Estados Unidos ou Buenos Aires, logo aqui abaixo –, e sente um ciúme cósmico. Porque lá, em qualquer parte, no trem ou no café ou na praça, tem alguma pessoa, entre 12 e 120 anos, com um livro aberto diante de si, com cara compenetrada, e possivelmente mais feliz do que nós próprios, porque está passando seu tempo numa atividade prazerosa e, por que evitar o termo?, civilizada, mais civilizada do que nos permitem as atividades em que a gente consome nosso raro tempo na vida real das cidades brasileiras.

É que em nosso país, como na maior parte dos países de colonização moderna, é raro acontecer de homens e mulheres adultos terem prazer na leitura, sobretudo na leitura de clássicos. Em grande medida, isso se deve ao fato de a circulação da literatura brasileira clássica depender muito, e em alguns casos exclusivamente, do circuito escolar e universitário. (Por falar nisso: nas nossas universidades, ao contrário do que acontece em outras partes, só continua lendo literatura depois do colégio o sujeito que se dedicar a uma carreira específica voltada... para o ensino de literatura. Quem faz Engenharia, Medicina e mesmo Direito e Comunicação Social não tem acesso a cursos abertos de literatura. Absurdo, mas é assim.)

Para complicar ainda mais, nosso país, pelo menos há 150 anos, se debate com o problema de saber em que língua, afinal, se deve escrever. José de Alencar pensou sobre isso, Mário de Andrade idem, e até hoje a gente não tem muita certeza sobre o que fazer – praticar por escrito a língua que se fala ou abandonar essa linguagem da vida real em favor de uma outra, aparentemente mais sofisticada, com todas as concordâncias no lugar e com todos os rapapés que a tradição empolada das elites nacionais impôs ao idioma pátrio. Por isso, mesmo quem passou por boa escola tem problemas grandes com o português. Nove em dez adultos brasileiros passam vergonha, mas não por defeito pessoal, por precisarem admitir que não sabem exatamente como se escreve isso ou aquilo ou como se usa o pronome pessoal.

A educação brasileira padece desse mal; por isso, não estranha que mesmo os melhores colégios tenham formado ao longo do tempo tanta gente ainda hoje temerosa de escrever e mesmo de ler, pura e simplesmente. Claro, tem o caso do vestibular, que é um dos complicadores mais sérios do quadro: ao obrigar o estudante não à leitura, mas à adesão a um cânone interpretativo estreito e, no limite, imbecil, manda o potencial leitor para longe dos livros – estão aí mesmo vários outros meios de diversão e informação, mais rápidos e aparentemente mais prazerosos.

Isso quer dizer que em nosso país quase não há o tal *leitor não profissional*, seja jovem ou adulto. São raros os brasileiros que saíram ou estão saindo da escola e da universidade e que continuam a ser de fato leitores (mesmo entre os professores há inúmeros que não leem regularmente). Basta ver as tiragens dos livros. Grandes autores contemporâneos, entre nós, mal esgotam uma edição de poucos mil exemplares – 3, 4, em pouquíssimos casos 10 ou 15 mil –, e isso num país que tem 180 milhões de habitantes. Mesmo excluindo da conta os pobres e os miseráveis, para os quais nossa falta de vergonha na cara ainda não proporcionou escola, saúde ou emprego, e muito menos leitura, sobram talvez uns 50 ou 60 milhões de pessoas que tecnicamente poderiam ler. (O poeta Mario Quintana costumava dizer que o verdadeiro analfabeto era o que sabia ler mas não lia.) Uma edição de 3 ou 5 mil exemplares, neste universo, é uma miséria, só comparável às imensas misérias sociais com que convivemos.

Alguém poderia dizer: bom, trata-se de esperar que todos tenham escola decente e emprego e acesso à internet para então termos os leitores adultos não profissionais. Nada disso. Não precisamos esperar nada para começar a ser um país mais razoável. Nem precisamos esperar mais alguns séculos para que os governos e a sociedade percebam que instalar bibliotecas decentes em cada bairro e dotá-las de acervo sempre renovado requer pouco dinheiro e rende muita inteligência, para não dizer felicidade.

Pode ser que o leitor que chegou até aqui pergunte agora: sim, tudo bem, mas quem é que garante que a leitura seja um valor tão alto assim, ou tão absoluto assim? Outras formas de diversão civilizada não poderiam ser postas no mesmo patamar de importância?

Certo, também outras atividades humanas têm o mesmo posto alto, o mesmo patamar de excelência. Ouvir música, apreciar uma exposição de artes plásticas, assistir a uma peça de teatro, até mesmo comer bem, tudo isso participa da mesma natureza, a da cultura, em sentido amplo. Mas, convenhamos, a leitura, especialmente a leitura de livros de ficção, precede ou acompanha todas essas coisas, em matéria de importância cultural. Ao longo da história da humanidade, a presença do livro é mais decisiva, porque nesta forma chamada livro – forma que parece não ter muito como melhorar, a exemplo de coisas velhíssimas e de "design" intocado há muitos anos, como a colher, a bicicleta e a cadeira – se concentra talvez o principal da experiência humana, incluindo aquilo que diz respeito às demais artes e a todas as facetas de nossa atividade neste pobre planeta.

Jorge Luis Borges, o imenso escritor argentino, disse algumas vezes que de todos os instrumentos criados pelo homem o livro é o mais impressionante: enquanto os demais são extensões da mão – da caneta ao computador, passando pela enxada e pela furadeira –, o livro é uma extensão da imaginação. E não custa lembrar que as elites de todos os tempos, sejam elas meramente intelectuais, ou políticas, ou econômicas, leem o melhor da produção humana.

Este, portanto, é um livro para o leitor não profissional que já percebeu que precisa ler literatura brasileira, que não tem mais contato regular com um profissional da área de literatura que poderia, quem sabe, apontar sugestões e caminhos, e que por isso não sabe como fazer para voltar a ler, ou mesmo para ler pela primeira vez os clássicos da literatura nacional, e que não encontrou caminho adequado para sair do impasse. Para o leitor que é ou começa a ser estudante universitário, advogado, funcionário de banco, engenheiro, médico, telefonista, operador de computador, vendedor, motorista. Para o leitor que já passou da inocência dos 15 anos mas não desistiu de buscar algo que, na falta de termo mais preciso, se poderia chamar felicidade intelectual. Felicidade adulta, leiga, republicana.

O livro foi concebido para o leitor que alguma vez ouviu falar de literatura brasileira, provavelmente na escola, mas não tem uma visão de conjunto que poderia, talvez, melhorar sua compreensão das coisas que leu, lê ou vai ler, e que não tem paciência ou tempo para ler um grosso volume de história da literatura, nem tem estômago para enfrentar a crítica especializada, muitas vezes praticante de uma linguagem rara e distante. Porque também esse leitor quer aquela possibilidade de ser feliz, dentro de sua cabeça e de seu coração, inclusive para ser um cidadão mais razoável na vida trivial que nos cabe a cada um de nós. Trata-se de um livro organizado segundo um dos princípios possíveis para o caso: procurou-se traçar, aqui, uma espécie de mapa de famílias de escritores segundo o critério de afinidades formais, temáticas ou históricas.

Claro que ele poderia ser de outro jeito: poderia ser um manual de literatura brasileira organizado pela cronologia, com a sucessão das gerações ou dos estilos ao longo do tempo; poderia ser organizado de outro modo ainda, como seria o caso de um livro que acolhesse apenas os maiores e mais geniais escritores, apenas – resultaria um livro curioso, talvez de interesse, que contivesse apenas os, digamos, 15 ou 20 maiores do Brasil, uma seleção brasileira de todos os tempos, com Pelé, Zico e Falcão jogando juntos: Machado de Assis, Guimarães Rosa, Drummond e outros.

Quer dizer: este livro que o leitor tem em mãos, como qualquer outro, também é fruto de escolhas, que o autor espera sinceramente que façam sentido na hora da leitura. (Uma última questão sobre o caminho geral tomado: neste livro, o leitor vai encontrar quase só literatura brasileira, com pouquíssimas referências a autores de outras línguas ou países. Não vai nisso nenhuma recusa ao valor da leitura de literatura internacional, porque isso seria uma burrice e não combina com o temperamento do autor. Também nisso ocorreu uma opção, nesse caso mais determinada pelo tamanho da publicação. Quem sabe, noutra hora...)

Pensando bem, este é um livro de autoajuda. Feito qualquer manual que ensina alguma coisa, este livro pretende ser um auxiliar no caminho, um guia de mão. Por isso mesmo o tom talvez por vezes didático, mas em todo caso formulado para ajudar o sujeito disposto à aventura de ler mais e melhor a literatura brasileira.

Este pequeno livro, expondo certas características típicas da literatura brasileira, pretende ajudar a ler os grandes escritores da língua portuguesa no Brasil, muito especialmente aqueles que já foram aprovados no duro (e, no fim das contas, talvez o único realmente relevante) critério do tempo – isto é, aqueles autores que foram e continuam sendo lidos, por haverem conseguido a proeza de concentrar, na forma escrita, modos de ser e pensar da vida brasileira e da condição humana. O autor quer declarar que procurou deixar de lado (mas não de fora) as suas preferências de leitura; escritores que não moram em seu coração são aqui descritos com a simpatia que cabe, em um panorama como este, que quer quebrar o gelo entre os livros e o leitor potencial.

Dos contemporâneos, só aparecerão aqui os que parecem ter fôlego para sobreviver a nós.

Este livro espera ser uma companhia na viagem na busca do leitor por maior intimidade com a literatura brasileira, para tornar-se mais atento e mais apto. Que a viagem seja boa.

1. A TRADIÇÃO REALISTA

Se você alguma vez passou os olhos por um livro chamado *Raízes do Brasil* (1936)*, talvez tenha lido uma passagem famosa, que refere uma característica portuguesa que Sérgio Buarque de Holanda, o autor, considerava decisiva de nossos colonizadores. No trecho, o livro está comentando o modo como os portugueses criaram as cidades no Brasil – "A cidade que os portugueses construíram na América não é produto mental, não chega a contradizer o quadro na natureza, e sua silhueta se enlaça na linha da paisagem", afirma –, e daí deriva uma observação mais geral, sobre o temperamento luso, que seria marcado por falta de método, de previdência, por uma espécie de desleixo, palavra que determinado viajante inglês considerou tão típica de Portugal quanto saudade, palavra enfim que resultava de uma convicção de que "não vale a pena".

Sérgio Buarque observa, então, que essa convicção "se prende a um realismo fundamental, que renuncia a transfigurar a realidade por meio de imaginações delirantes; que aceita a vida, em suma, como a vida é, sem ilusões, sem impaciências, sem malícia e, muitas vezes, sem alegria".

Realismo, esta a questão. Parece que aqui está uma das boas chaves gerais para ler a literatura brasileira, muito especialmente a narrativa: um gosto acentuado pela fotografia do real tal como ele se apresenta, uma vontade de contar a história verdadeira ou, mais ainda, de revelar a verdade que está escondida em alguma parte. Sérgio Buarque (ele é o pai de Chico Buarque de Holan-

---

* Sempre que for citado algum livro, anotaremos a data de sua primeira edição, para posicionar a conversa na história.

da, sim) diagnosticou um jeito de ser dos portugueses e, de quebra, forneceu uma ótima pista para entender a narrativa entre nós.

Vista bem de cima, a uma altura panorâmica, a literatura brasileira se mostra efetivamente como um conjunto de livros dominado por uma vontade de realidade, de um lado, e pelo menosprezo, talvez mesmo pela recusa, a relatos imaginativos, fantasiosos. (Em contraste com outras literaturas nacionais a sensação se confirma, como veremos mais adiante.) Quem sabe estamos num ambiente marcado por aquele realismo *chão e tosco* dos colonizadores.

Faça um teste: dos livros brasileiros que você leu no colégio, você lembra de algum com características delirantes, com aspecto de sonho ou de pesadelo, em que aparecem elementos fantásticos? Provavelmente não (adiante falamos de exceções). Um tempo atrás, determinada universidade brasileira ofereceu um tema de redação de vestibular interessante para o nosso caso. Pedia-se que o candidato escrevesse uma dissertação sobre o livro de literatura brasileira mais significativo que ele tivesse lido até ali. Vários títulos foram mencionados, mas um, e apenas um, se destacou estatisticamente, obtendo uma espécie de consagração entre aqueles candidatos, alunos típicos de nosso sistema de ensino. Qual foi?

O romance naturalista *O cortiço* (1890), de Aluísio Azevedo, foi considerado o mais significativo para uma grande quantidade de candidatos. E por quê? Adivinhe: porque o livro dá *a realidade*. Ele fala do que não se fala, *retratando a vida como ela é*, em sua crueza inteira, que inclui, naturalmente, desejo, paixão e sexo. (Nos anos de 1960, Nelson Rodrigues faria furor ao publicar em jornal seus contos eróticos, sob o título geral de "A vida como ela é", que foram adaptados para a televisão com muito sucesso, anos depois.) Os candidatos confirmaram a preferência brasileira pelo realismo. (Há outro motivo, acho eu: *O cortiço* é dos raros casos em que a descrição que se faz dele, nas aulas de literatura, coincide com ele, quando se lê. É diferente de vários outros casos, em que o professor diz as supostas características da escola e, quando se vai observar no livro, a coisa não bate.)

Claro que não podemos subscrever ingenuamente a ideia de que um romance ou outra obra de arte seja de fato um *retrato absoluto* da realidade. Toda arte é uma deformação da vida, mesmo a que se propuser a mais estrita fidelidade à realidade observável. Mas o que importa aqui é reter a ideia de que *O cortiço* foi valorizado por dar a sensação de estar dizendo a verdade, os fatos em si. (Vale mais um parêntese para observar que o romance, como tal, floresceu primeiro na Inglaterra, na primeira metade do século 18, com autores como Daniel Defoe, autor do inesquecível *Robinson Crusoé* [1719], e desde seus inícios ele foi visto como um retrato da tal *vida como ela é*: o romance saía em publicações baratas e acessíveis, de vez em quando seriadamente nos jornais, e contava a vida de gente comum vivendo situações particularmente agudas. Aqui então se inicia a eterna relação entre romance e realidade.)

Essa é a mesma impressão que nos dão vários dos principais escritores nacionais. Uma fantástica geração de escritores florescida nos anos de 1930 e 1940 contribuiu decisivamente para isso. Graciliano Ramos, José Lins do Rego, Jorge Amado, Erico Verissimo, Dyonélio Machado, Rachel de Queiroz, Amando Fontes, Cyro Martins, Cyro dos Anjos, muitos foram os romancistas que, por assim dizer, descreveram o Brasil, naquela altura. Vendo-os à distância, parece que cumpriam um programa: relatar o país a partir de um ângulo crítico, sem direito a fantasias compensatórias, para mostrar o atraso da sociedade brasileira, no campo e na cidade. Para denunciar o quanto faltava para que o país de fato se modernizasse.

A rigor, desde que o romance começou a ser praticado por brasileiros havia esse ímpeto realista. Manuel Antônio de Almeida fez de suas *Memórias de um sargento de milícias* (1852) um painel de tipos humanos de carne e osso, sem idealização. José de Alencar, ainda que tenha fabulado muito ao inventar os índios que protagonizaram *Iracema* (1865) e *O guarani* (1857), quando amadureceu pôs sua pena a serviço do desvendamento de certas relações sociais – a prostituição em *Lucíola* (1862), o amor e o casamento por interesse em *Senhora* (1875). Machado de Assis, o mais agudo de nossos romancistas, analisou profundamente os modos de ser de homens e mulheres das elites e da classe média brasileiras. Lima Barreto, o torturado escritor de *Clara dos Anjos* (1922), fez o que estava a seu alcance para denunciar a discriminação racial e a falta de oportunidades de ascensão social para os de baixo.

Depois daquela brilhante geração do chamado Romance de 30, a tradição realista mantém-se atuante. Deixando de lado um caso genial, o de Guimarães Rosa, que comentamos adiante e que não deixou de ser, à sua maneira, um grande realista, em seguida veremos brotar todo um grupo de narradores de traço claramente realista – mas desta vez no conto, mais do que no romance. Começa com Dalton Trevisan e sua miúda observação da vida de gente miserável, no bolso e na alma, passa por Rubem Fonseca e sua crueza descritiva, alcançando os marginais de João Antônio e a juventude *outsider* de Caio Fernando Abreu. Dos anos 70 para cá, uma das formas que o realismo adquiriu foi a do romance de tema histórico, em que despontam talentos como Moacyr Scliar, Márcio Sousa, Roberto Drummond, Antônio Torres, Ana Miranda, Luiz Antonio de Assis Brasil, Tabajara Ruas, Francisco Dantas e outros.

E olha que nós nem falamos da volúpia realista de um Euclides da Cunha, de quem nos ocupamos mais adiante. De todo modo, podemos concluir que a narrativa ficcional brasileira, sendo parca de relatos imaginativos, tem cumprido uma espécie de missão – dizer como o país funciona, muito antes e muito mais do que os estudos sociais, que demoraram a chegar por aqui (não se permitiram universidades aqui por longuíssimo tempo – na América espanhola foram fundados cursos superiores já nas primeiras décadas do século 16, enquanto que no Brasil, Portugal proibiu a vida universitária enquanto pôde, de forma que os primeiros cursos superiores entre nós datam apenas do século 19). O realismo ajuda a pensar o Brasil, esse mistério que funde abundância natural e miséria social em doses cavalares.

2. A TRADIÇÃO INTIMISTA

Ao dizer que o principal do romance e mesmo do conto, na tradição brasileira, pratica alguma espécie de realismo, buscando representar a vida exterior de forma mais ou menos crítica, não se pode ignorar um belo conjunto de autores com tendência de certa maneira oposta, tendência que se pode chamar de intimista – autores para quem a vida interior dos personagens em suas mazelas íntimas, sua psicologia, seus amores e temores, ocupa o centro das atenções, muito mais, portanto, do que suas ações objetivas.

O autor que deve servir de ponto de partida nessa matéria é Raul Pompeia, autor de um angustiante romance de memórias chamado *O Ateneu* (1888). Sérgio, o personagem-narrador, recorda sua passagem pela escola aludida no título, mas sempre enfatizando os aspectos sutis das relações – os humores dos professores, o autoritarismo dos mais fortes sobre os mais fracos, os pactos de silêncio, a tristeza permanente, até o incêndio do prédio, espécie de maldição final.

É certo que já havia algum interesse nos aspectos psicológicos da vida, antes de Pompeia. Basta lembrar a poesia de Álvares de Azevedo, por sinal autor de alguns contos não propriamente intimistas, mas em todo o caso ocupados das cavernas interiores do homem – *Noite na taverna* (1855) se chama o volume dos contos, de aspecto demoníaco e soturno. Também se pode ler coisa parecida na poesia de gente relativamente secundária do Romantismo, como é o caso de Junqueira Freire e Fagundes Varela. Mas nenhum deles pode ser considerado propriamente um intimista, antes de *O Ateneu*.

E olha que Raul Pompeia foi contemporâneo de Machado de Assis, que não poderá ser qualificado como um psicologizante em sua narrativa, sem prejuízo de ter sido provavelmente o mais fino analista da mentalidade da gente brasileira de seu tempo. (Com um gênio acontece isto: a gente parece que não consegue apreendê-lo em um conceito único, nem prendê-lo em uma seção específica, porque sempre falta espaço. Machado é o maior realista sem ter sido um realista típico, e assim também quanto ao intimismo. Paciência: porque o gênio escapa a esquemas.)

Nas décadas iniciais do século 20, quando Sigmund Freud via suas teses triunfarem no mundo intelectual, por aqui poucos escritores construíram obra de profundidade em matéria de psicologia das personagens. O tema estava na ordem do dia, na velha Europa como nas jovens nações americanas, mas talvez em função de outras urgências a narrativa intimista ainda precisou esperar um pouco para frutificar maduramente entre nós. (Outras urgências: a da atualização modernista, que ocupou algumas das melhores inteligências nos anos de 1920; a da investigação realista, que esteve no centro dos interesses da geração de romancistas de 1930.)

Mas em 30 surgem romancistas de valor no tema. Foi o caso de Cornélio Pena, autor talentoso que conduz com enorme lentidão os enredos, ambientados nas velhas fazendas interioranas e sempre carregados de um ar pesado, em que se misturam angústia, tristeza e punição, como em véspera de tragédia. Telmo Vergara é outro desses autores, com suas novelas e contos ocupados em narrar, por assim dizer, o lado das sombras na vida dos personagens, sempre gente que dá a impressão de falência, decadência, perda. Na mesma geração aparece um caso raro, o de Mário Peixoto, cineasta de gênio, poeta e autor de um romance soturno, quase poderíamos dizer macabro em sua beleza triste, chamado sintomaticamente *O inútil de cada um* (1934).

O surgimento do maior talento dessa família, porém, ocorreria apenas em 1944: foi o ano da edição de *Perto do coração selvagem*, livro de estreia de Clarice Lispector. Com ela é que se pode falar, sem titubeio, em maturidade do estilo intimista em língua portuguesa no Brasil. Suas personagens meio obsessivas, meio lunáticas, mas sempre carregadas de humanidade, vivem sua intensa psicologia diante de nossos olhos por causa da qualidade da linguagem da autora, que representou e continua a representar um ponto alto da literatura brasileira. Tanto é assim que ela influenciou diretamente uma grande quantidade de escritores, entre os quais Caio Fernando Abreu, seu discípulo confesso.

Mesmo alguns escritores de temperamento realista se aproximaram da tendência intimista, ou talvez fosse melhor dizer, aqui, psicológica – ou, melhor ainda, tendência dostoievskiana. Sim: entre nós, pelo menos quatro grandes escritores mostraram virtude suficiente para integrar o escasso rol dos verdadeiros dostoievskianos, que inclui gente como o francês Albert Camus e os argentinos Roberto Arlt e Ernesto Sabato. Lima Barreto foi o primeiro (ele registrou suas leituras do russo no diário pessoal); depois dele, Graciliano Ramos, com a tremenda narrativa de *Angústia* (1936), e Dyonélio Machado com *Os ratos* (1935); por fim, o dramaturgo Nelson Rodrigues, que em uma de suas *Confissões* relembra o transe em que ficou ao ler *Os irmãos Karamazóv* quando tinha seus inocentes 12 anos.

Hoje em dia, a tendência intimista vive na abundância – aí estão Lya Luft, João Gilberto Noll, Bernardo Carvalho e tantos outros, a produzir narrativas de ótima qualidade –, em consonância com o enorme prestígio da psicanálise e de uma infinidade de concepções e práticas que ainda se chamam de "alternativas", significando que não pertecem ao mundo acadêmico. Outro motivo da grande relevância dessa modalidade de narrativa terá a ver com a bem-vinda ascensão do feminismo, assim como a afirmação das identidades ou orientações homoeróticas, combustíveis decisivos para tal literatura.

3. A LITERATURA E O ABISMO SOCIAL NO BRASIL

Outro lado da questão do intimismo a gente só enxerga quando toma distância. É o seguinte: em regra, os romances e contos que dedicam seu esforço central ao universo psicológico dos personagens deixam de lado, por isso mesmo, os aspectos sociais. Isso naturalmente não é defeito, mas característica: ao indagar sobre as profundezas do ser, a condição social, a luta pela sobrevivência, os embates externos de cada dia ficam de lado, em segundo plano.

Nosso país é, em alguns rankings, o campeão mundial de má distribuição de renda. (O que leva até mesmo a mais radical das intimistas nacionais, Clarice Lispector, a botar na tela de sua narrativa o conflito de um escritor às voltas com a representação da vida de uma miserável – e o resultado é *A hora da estrela*, de 1977.) O abismo social entre nós tem raiz profunda e parece sobreviver a tudo, até agora e mesmo no futuro imediato. A raiz mais antiga: o escravismo, uma prática cruel que foi sendo aceita com naturalidade no Brasil, a ponto de até mesmo uma famosa marchinha de carnaval cantar, como se não fosse nada, "Ah, meu Deus, que bom seria que voltasse a escravidão", tudo para que o sujeito pudesse manter determinada mulata sob sua guarda amorosa.

Desde que o país se organizou em cidades, esse problema, o do abismo social, está presente na literatura – nem sempre de modo explícito, é claro. No século 18, Tomás Antônio Gonzaga cantou seu amor por uma moça, no livro *Marília de Dirceu* (1792), e para isso chegou a mencionar, à maneira de uma utopia de amor, uma cena em que ele e ela estariam confortavelmente instalados numa sala, lendo, enquanto os escravos estariam suando os trapos no trabalho duro. (É uma passagem famosa, a Lira III da terceira parte do livro, que começa assim: "Tu não verás, Marília, cem cativos". Experimente ler.) Era a consagração do abismo, em forma de poesia de amor.

Mais tarde, no período imediato à Independência (1822), o assunto ficou meio deslocado, porque o tema da identidade nacional parecia muito mais urgente – e nossos românticos se puseram a inventar índios e mais índios, palmeiras e infâncias, tudo para celebrar as maravilhas da pátria jovem. Duas gerações depois, um poeta, porém, entendeu que o problema estava a merecer atenção: Castro Alves, o retórico autor de *O navio negreiro* (1868), longo poema de ataque contra a existência da escravidão, um verdadeiro grito de liberdade. Um manifesto engajado como raramente se viu, em língua portuguesa.

O final do século 19 trouxe a Abolição, em 1888, e no ano seguinte a República. A luta pela emancipação dos negros parecia estar acabando – mas não, e pelo contrário: o Estado brasileiro não organizou nenhuma política de reeducação, de absorção, muito menos de indenização para os libertos. O resultado, especialmente no Rio de Janeiro, foi uma superconcentração de gente pobre e desorientada na cidade, em parte gente sem a menor disposição ética para o trabalho – bem, depois de passar várias vidas, em sucessivas gerações, igualando trabalho a escravidão, era bem esperável que assim fosse. O certo é que o abismo social não apenas não diminuiu, mas aumentou.

E qual foi a literatura do período? De um lado, a crueza da narrativa realista de timbre naturalista, por exemplo o já mencionado romance *O cortiço*, misto de descrição animalesca da realidade dos pobres com libelo contra a hipocrisia social. Um pouco à margem disso, a prosa de Machado de Assis, que, pobre de nascimento, e mulato, só tratou do tema obliquamente (e com uma capacidade impressionante de denúncia, que no entanto, aos olhos de alguns de seus contemporâneos, pareceu uma omissão). Do outro lado, uma moda poética que fez o que pôde para erigir-se como um exemplo de "arte pura", ou, nos termos da época, "arte pela arte", desinteressada das questões "menores" como a vida dos miseráveis: o Parnasianismo.

Alberto de Oliveira, Raimundo Correia e Olavo Bilac, os principais poetas dessa tendência, eram sofisticados e exigentes. Escreviam com um palavreado escolhido, nunca usando termos vulgares, de uso cotidiano. Arte, para eles, era o contrário da vida real, porque consistia em escrever de modo raro, sobre temas afastados da vida imediata, de preferência elevados e elegantes – por exemplo, os temas da tradição clássica, grega ou romana. Nenhuma palavra sobre o formidável espetáculo humano que corria ali, diante dos olhos de todos eles, espetáculo que o romance realista-naturalista explorou o quanto pôde. Os parnasianos, pelo contrário, permaneceram encastelados em sua arte – uma das imagens que inventaram para si foi a de que preferiam estar numa "torre de marfim", imagem que mistura a ideia de afastamento da vida simples (na torre, que é alta) com a sofisticação do marfim, então um elemento raro usado para esculpir coisas finíssimas.

Não admira que nos anos de 1910 e, sobretudo, de 1920, tenham sido os parnasianos tão atacados, especialmente pelos modernistas de São Paulo. Mário e Oswald de Andrade (eles não eram parentes, nem entre si, nem de outro Andrade famoso, Carlos Drummond), a partir de ângulos de observação diferentes, meteram pau na supremacia da linguagem e da mentalidade parnasiana, tão interessada em negar a vida real. Por isso a atitude tão abertamente vulgar dos modernistas, que ainda hoje conquista o leitor iniciante com seu jeito debochado, antissolene, de ataque ao formalismo.

E já nos anos de 1930, no romance realista ou na poesia, aparecerá a questão social brasileira em primeiro plano. Era preciso meter a mão no vespeiro da realidade, concluíram nossos escritores. Os parnasianos não foram nem são os únicos a mascarar a vida com as palavras (e isso, bem entendido, sem que neguemos a beleza rara, delicada, de algumas de suas composições); depois deles, muita gente prefere a mesma atitude, negar a vida real em busca de uma literatura imaculada, como se fosse suficiente estender um manto de palavras belas sobre o abismo social para que ele sumisse de nossas vistas. Mas nada disso: a literatura basileira vem produzindo, dos anos de 1950 para cá, uma grande quantidade de relatos, poemas, peças de teatro e tudo o mais em torno da vida real dos miseráveis, seja no romance-denúncia de feição jornalística de José Louzeiro, nas peças de Plínio Marcos, nos contos de tanta gente. Ultimamente, coisa de pouco mais de uma década, o horror social se apresenta em textos fortes como os de Marilene Felinto, Fernando Bonassi, Paulo Ribeiro e Luiz Ruffato. Até mesmo protagonistas da miséria brasileira estão conseguindo escrever e ser publicados, processo de que é exemplo maior Paulo Lins, com seu justamente celebrado *Cidade de Deus* (1997).

4. A TRADIÇÃO DA VANGUARDA

Agora, vamos deixar claro: a literatura, como todas as artes, não tem compromisso inevitável com a denúncia dos problemas sociais imediatos. Escritor, na minha república ideal, é um artista e faz o que quiser, o que a sensibilidade lhe ditar, o que sua arte exigir, e estamos conversados. Se o escritor achar que deve falar de anjos ou de nuvens, o mais justo é deixar que ele fale e prestar atenção – e é muito possível que, no futuro, essa sua aparente alienação tenha profundos e duradouros significados, que os contemporâneos não enxergam. O compromisso do escritor é, deve ser, com as palavras e com sua arte.

(Uma das marcas brasileiras nessa questão pode talvez ser explicada em função da tradição realista, mencionada lá no começo: como nosso país sempre andou às voltas com o problema da identidade – comentaremos adiante o tema – e com o abismo social, e como a narrativa brasileira especializou-se na denúncia das mazelas de nossa vida, ocorre que em nosso país é muito comum que o leitor médio queira realismo e rejeite a invenção mais solta. Isso se pode comprovar ao ver como alunos em escola, ou críticos em jornal, reprovam a literatura imaginativa com muita facilidade, por faltar a ela "realidade", quer dizer, a fotografia direta da realidade social. É bom estar atento a isso para não cair na armadilha que iguala "retrato da vida real" a "boa literatura": não há nada que garanta qualidade pelo mero realismo, nem que impeça qualidade longe dele.)

Em certos momentos históricos, esse problema – arte engajada *versus* arte pura, digamos – chega a extremos, a ponto de o escritor viver um dilema entre descrever a realidade ou fugir a ela, ou, melhor dizendo, um dilema entre servir-se das palavras para motivos meramente mundanos e extra-artísticos, de um lado, ou mergulhar na viagem sem roteiro da intimidade das palavras esquecendo o mundo externo, de outro lado. Que momentos são esses? Em regra, são períodos críticos armados pela História, épocas em que esse dilema chega à dilaceração da alma dos mais sensíveis. Esses são os períodos de ruptura, esses são os momentos da vanguarda. Claro que esses momentos não nascem de dentro da arte em si: é da luta que ocorre na arena social, ideológica, política, que brotam as vanguardas consistentes; tanto é assim que, quando um gesto vanguardista quer nascer de si mesmo, sem nexo algum com a dinâmica histórica, o que aparece é um vanguardismo vazio, que gira em falso e, por mais que se esforce, não consegue comunicar-se, e a vanguarda fala para o vazio.

Tipicamente, a ideia de arte de vanguarda é coisa moderna, quer dizer, é coisa do mundo ocidental industrial, nascido no século 18 (ainda que suas origens possam ser rastreadas com clareza num recuo até o século 15, com a origem dos Estados Nacionais de nossa experiência ocidental). Vanguarda em arte existe porque há, no mundo moderno, uma noção positiva sobre rompimento, ousadia, invenção. Pode olhar: antes da era industrial, naquele mundo predominantemente rural, orientado pelos valores da aristocracia da terra, os critérios estéticos dominantes eram bastante conservadores. Era considerado um grande artista o sujeito que soubesse realizar obras perfeitas segundo valores já existentes: um bom escultor era aquele que manejasse as proporções clássicas, estabelecidas já na Grécia antiga, assim como um grande poeta escreveria não uma novidade total e absoluta, mas tão somente uma nova versão para uma lenda também clássica.

No mundo urbano, industrial e burguês, porém, inverteu-se a lógica: o bom artista passou a ser aquele que inventa, que inova, que tira da cartola um coelho inédito. Que tem ousadia, que corre riscos, que afronta o gosto estabelecido. Que tem uma imensa sensibilidade, mesmo que seja meio tosco na expressão. Que sofra mais do que os comuns mortais e, por isso mesmo, seja capaz de trazer para a linguagem da arte um aspecto profundo e revelador.

Ora, todas essas características – que até hoje vigoram em nossas noções sobre quem é e como é o artista, em geral – são reunidas e potencializadas na atitude da vanguarda artística. Sempre que ela aparece, pode ter certeza de que pelo menos alguém está achando que o mundo precisa ser sacudido. (Se de fato precisa ou não, isso só o tempo, a história coletiva, os leitores é que saberão dizer.) Essas aparições vêm acontecendo no Ocidente, e também no Brasil, desde que o Romantismo veio ao mundo, Romantismo que, inventado na Europa e ocupado com as identidades e questões daqueles países, veio para as jovens nações americanas e se transformou no âmbito do debate nacionalista originário, quando países como o Brasil e a Argentina estão se organizando como tal e quando, portanto, a cultura dessas nações está começando a ganhar contornos claros.

Nosso Romantismo, particularmente, não foi tão vanguardista como o foi em países europeus. Lá, em alguns casos os poetas eram de fato vanguardistas, rompendo com convenções fortes e pesadas (pense no caso de Byron, o poeta inglês inventivo e ousado) e propondo liberdades radicais; aqui, num país que mal conhecia alguma experiência urbana e dispunha de rala cultura letrada, os românticos foram muito mais propositivos, engajados num grande esforço de inventar o país. Ok, cabe lembrar que os poetas "malditos", como Álvares de Azevedo ou o Bernardo Guimarães da poesia erótica e pornográfica, também no Brasil tiveram alguma ousadia, assim como o "poeta dos escravos", Castro Alves. Mas não se pode dizer que eles de fato tenham sido vanguardistas.

Já um contemporâneo parcial deles, Joaquim de Sousa Andrade, figura singular que resolveu assinar-se Sousândrade, esse sim foi um vanguardista e deixou obra apreciável. Poeta inventivo, irrequieto, foi um reinventor do modo de manejar a língua portuguesa, forjando um longo (e não concluído) poema épico latino-americano, *O Guesa*, de leitura difícil mas de grande interesse, poema que começou a ser escrito ainda nos anos 1870 e foi trabalhado até os anos finais do poeta, que faleceu em 1902. (Dá para evocar outro vanguardista do período, mas um ousado involuntário, porque era, ao que tudo indica, um maluco total: José Joaquim de Campos Leão, vulgo Qorpo-Santo, que escreveu peças que nunca pôde ver encenadas, dada sua incrível inventividade, que já rendeu a ele o esquisito, impróprio, descabido título de precursor do Teatro do Absurdo.) Nos anos de 1880, enquanto a moda parnasiana não se estabilizou como dominante na poesia brasileira, pode-se falar de certa vanguarda artística protagonizada pelos mesmos poetas que depois se tornarão uns caretas insuportáveis, como Olavo Bilac. A vertente poética mais criativa do Ocidente na época, o Simbolismo, poderia, teoricamente, ter sido uma grande vanguarda entre nós, caso tivesse alcançado maior espaço de elocução e divulgação; mas não foi, porque o Parnasianismo, aquela poesia pseudoerudita e antivital, dominou totalmente o cenário, bastando lembrar como evidência disso o inigualável prestígio dos parnasianos no momento da fundação da Academia Brasileira de Letras, em 1897.

Vanguarda mesmo, no sentido mais preciso do termo, aconteceu no século 20, em pelo menos três momentos de intensa inventividade e de grande repercussão. Nos anos 1920, foi o Modernismo, com epicentro na ultradinâmica, explosiva cidade de São Paulo, movimento que tinha todas as características já mencionadas para a vanguarda e mais uma, a capacidade de agregar pessoas em torno de um objetivo comum – no caso do Modernismo se pode entender a analogia entre a ousadia artística e a militar: vanguarda é aquele pequeno e corajoso destacamento de homens treinados, que vai tentar conquistar o futuro em terreno desconhecido, correndo enormes riscos. Não custa acrescentar que por todo o país havia eco para as ousadias modernistas.

Depois, na mesma São Paulo, ainda dinâmica e ainda explosiva, aconteceu o começo do Concretismo. Eram os anos 1950, em que o Brasil como um todo parecia querer chegar logo ao futuro – Brasília estava sendo construída, a indústria automobilística se instalava, até mesmo o samba carioca estava vendo nascer uma pequena e silenciosa revolução, a Bossa Nova –, e uns saudáveis poetas e artistas plásticos resolveram retomar o debate modernista, especialmente pelo viés inventivo de Oswald de Andrade, mas combinado com várias posições inventivas do cenário artístico ocidental. Fizeram grande barulho e geraram muitos descendentes, recusando a permanência de certo discurso tradicional e derramado da arte brasileira, em favor da contenção da forma e da expressão concentrada, em diálogo direto com signos da modernidade do pós-Segunda Guerra, como as máquinas, as construções arrojadas, a música dodecafônica, etc. (Que o centro do Concretismo tenha sido São Paulo não estranha: na terra dos bandeirantes, terra do concreto armado, parece haver só modernidade, sem lugar para as estabilidades, isso tanto no nível do mercado em si quanto no plano da criação artística e intelectual. São Paulo até hoje parece ter verdadeira obsessão, de origem claramente histórica, pela invenção, pela renomeação do mundo, por sucessivos ciclos de destruição do passado e de invenção do futuro. Um bom poeta paulista certa vez comentou que era difícil para ele cantar São Paulo, porque o poeta ia lá e mencionava, digamos, determinada esquina; quando se fosse ver, a esquina já teria sido destruída para a construção de mais um arranha-céu.)

Chegaram mesmo a impor um novo patamar para a conversa sobre arte no país. Patamar que será ocupado, no fim dos anos 1960, pela (até agora) derradeira grande vanguarda brasileira: o Tropicalismo, ou, como preferem alguns dos protagonistas, a Tropicália. Mais uma vez ousando em relação ao que existia, buscando o atrito e não a conciliação, e de novo misturando linguagens literárias, teatrais, musicais e plásticas – e alcançando até a moderníssima arte cinematográfica, se incluirmos Glauber Rocha no elenco –, aqueles malucos que se chamaram Hélio Oiticica, Caetano Veloso, Tom Zé, Gilberto Gil, Mutantes, entre outros, não apenas repuseram o debate sobre os limites entre novo e velho, entre arcaico e moderno, como também borraram as fronteiras entre culto e popular, entre regional e universal, e enfim definiram uma atitude estética até hoje muito rentável: a certeza de que o verbo misturar, como diz certa canção, é a chave para a arte brasileira.

5. CÓPIA, DEPENDÊNCIA, ATRASO, IMITAÇÃO E SIMILARES

O tema da vanguarda pode ter outra leitura. Porque uma coisa é assumir atitude de vanguarda na Europa ou em países desenvolvidos em geral, e bem outra é fazê-lo no Brasil. Para dar um exemplo concreto: nos primeiros anos do século 20, Sigmund Freud fazia furor nos círculos bem-pensantes da Áustria, da Alemanha, da França; poucos anos depois, várias propostas artísticas incorporavam o debate freudiano ao mundo estético, postulando, por exemplo, a livre associação de ideias como fonte da criação literária. Esse nexo, essa fluência entre o mundo do pensamento e o da arte fazia um sentido próprio, no contexto europeu.

Referida ao Brasil, porém, a coisa muda de figura. Não é que por aqui um debate parecido com o de Freud estivesse ausente – basta lembrar que Machado de Assis, uns vinte anos antes de findar o século 19, deu ao mundo aquele inquietante conto chamado *O alienista* (1882), espécie de paródia protagonizada por um médico que se dedica ao mundo da loucura sendo ele mesmo, porém, meio maluco. Isso significa que a questão estava posta também aqui, mas de outro modo. Por um lado, a realidade social falava de outras coisas – a Abolição, a República, as crises econômicas do final do século; por outro, o mundo literário e artístico estava ligado preponderantemente a outros temas, não as finuras analíticas de Freud, mas o painel grosseiro do Naturalismo, ou as lonjuras autossatisfeitas do Parnasianismo.

Assim, pode-se compreender a atitude de vanguarda pelo viés da *modernização*, palavra-chave de uma das linhas de força da literatura brasileira. No Brasil, quem faz vanguarda sente-se oprimido pelo sentimento de inferioridade em relação ao mundo central (europeu, ou norte-americano, mais recentemente) e resolve agredir os circunstantes com uma atitude ousada, que traz em si as características da arte mais "avançada", feita na Europa. O vanguardista assume, então, o ar de profeta, que traz o futuro até o presente, enfrentando os conservadores. (*Modernização* não é o único termo. Também se falava e se fala de *atualização*, *recuperação* e outros.)

Isso é bom? É mau? Naturalmente não é nem uma coisa nem outra, ou é as duas. O vanguardista pode de fato representar mais liberdade, mais ousadia, mais criatividade, e isso significar emancipação de condicionantes restritivos; mas o vanguardista pode também representar uma espécie de condição caipira, de quem ficou deslumbrado pelas luzes da civilização central e resolve, acriticamente, reproduzir na sua periferia, na sua província aquilo que lhe pareceu maravilhoso lá, na metrópole. O leitor pode colocar aqui o exemplo que lhe parecer mais próprio para cada caso.

O que importa, aqui, é considerar que também a vanguarda vive os dilemas da condição periférica, dilemas que poucas vezes aparecem como tal – eles se disfarçam na forma de debater a *cópia*, o *atraso*, a *minoridade*, a *dependência*. Não é que tais coisas não existam; elas sim existem, fazem parte da rotina de quem vive na periferia de qualquer sistema, seja um país em relação a outro, seja uma região da cidade em relação a seu centro, seja mesmo uma classe em relação a outra. O problema é que, na maioria das vezes, ao colocarmos o problema nesses termos – cópia, atraso, minoridade, dependência –, perdemos de vista a dinâmica maior, que rege o conjunto, porque tendemos a ver apenas o lado periférico, minoritário, atrasado, etc.

Peguemos o caso do Romantismo. Foi uma invenção europeia, uma estética forjada na segunda metade do século 18, quando as nações da Europa ocidental conheciam a revolução industrial e acompanhavam o processo de ascensão da burguesia ao poder. Foi uma espécie de moda mental, definida pelos comportamentos políticos e sociais de escritores, músicos e intelectuais, a favor da valorização do nacional e da entronização do indivíduo como a medida de todas as coisas. Em suma: nacionalismo e liberalismo.

Muito bem. Ocorreu que esse mesmo processo, do lado de cá do Atlântico, via crescerem movimentos de independência nas antigas colônias americanas. E os escritores e intelectuais estavam também envolvidos – e, inspirados na onda nacionalista e liberal que varria a Europa civilizada, propuseram que também aqui se cultuassem os valores... nacionalistas e liberais. Para dizer como se fosse piada: nós, os sul-americanos, nos tornamos nacionalistas por influência europeia. (Jorge Luis Borges, argentino que entendeu esse paradoxo como ninguém antes, salvo Machado de Assis, disse certa vez, com ironia profunda, que o culto ao nacional devia ser rechaçado pelos verdadeiros nacionalistas argentinos, porque se tratava de uma imposição europeia.)

Como se vê, não é só no caso da vanguarda que a sensação de atraso, de deslocamento, de cópia ou de invenção se coloca. A rigor, em toda a vida dos países colonizados o problema está sempre presente, em grau maior ou menor. Pegue-se o caso de países africanos que apenas nas últimas décadas alcançaram a independência nacional e se verá como a coisa é complicada. Em alguns lugares, o problema chega ao nível de deliberar-se se vai continuar a utilizar a língua do colonizador como língua oficial do país ou não – e olhe que há países africanos que escolheram manter, por exemplo, o inglês, para simplificar, porque no interior do território havia dezenas de línguas e dialetos disputando a preferência da população.

No Brasil, o dilema cópia *versus* invenção se coloca claramente, pela primeira vez, no século 18, quando um punhado de bons poetas que viviam aqui se puseram a questão de pintar ou não quadros da realidade local. Tomás Gonzaga rara vez citou algum aspecto mineiro, assim como Cláudio Manoel da Costa, em algum soneto. Mas pelo menos um sujeito entrou de cabeça no problema: Basílio da Gama, autor de *O Uraguai* (1769), poema de feição épica que relata o massacre dos índios das Missões do Sul e ataca o papel dos jesuítas no caso. O difícil e, no limite, inalcançável equilíbrio entre forma clássica, trazida diretamente da Europa, e assunto local, brotado na terra nova e ainda cheirando a sangue, não tinha como ser alcançado, a partir de então: quer dizer, o poeta atento simultaneamente ao mundo culto europeu, matriz do pensamento e da arte que ele prezava, e ao mundo da experiência local, matéria-prima de sua arte, só poderia mesmo viver num dilema, porque a forma não comportava o tema, e o tema não se ajustava à forma.

No século seguinte, todo o Romantismo, como vimos, viveu o dilema de meter cores nacionais autênticas e originais em formas importadas, de que mais uma vez resultaram alguns monstros estéticos (o longo e ilegível poema épico *Colombo* [1866], de Araújo Porto Alegre, por exemplo), ao lado de iniciativas de boa feitura (as *Memórias de um sargento de milícias*), aquele acomodando mal o tema e a fôrma, este saindo-se bem do problema por moldar a fôrma de acordo com o tema.

Mas a síntese superior do problema só Machado de Assis obterá, e apenas na sua maturidade, após os 40 anos. Caso raro de escritor e pensador, que frequentou tanto as formas mais ortodoxas da literatura (como a fábula, o soneto) quanto as mais modernas (o romance e o conto inventivos), ele soube negociar com sucesso as mediações entre tema local e forma importada. Na opinião de seu mais profundo analista, Roberto Schwarz, Machado conseguiu superar o estado em que Alencar havia deixado o problema: neste, por exemplo em *Senhora*, toda a forma narrativa era absolutamente europeia, inventada para relatar as coisas do Velho Continente, enquanto o tema e suas consequências, tendo algo de europeu, ostentavam marcas brasileiras e, por isso, exigiam mudanças naquela forma; em Machado, a partir de *Memórias póstumas de Brás Cubas* (1881), a forma narrativa é solidária com o tema e o ponto de vista, tudo convergindo para a enunciação de uma experiência nova, singular da vida brasileira – e isso sem nacionalismo ingênuo.

Importante frisar o ponto: há quem imagine que só se consegue originalidade renegando a influência estrangeira e buscando a todo pano uma suposta verdade originária, que estaria, na opinião de muitos, nas formas populares – exemplo disso pôde ser visto, nos anos de 1960, naquele movimento musical que sucedeu à Bossa Nova e que buscou estilos e ritmos supostamente autênticos do Brasil profundo, como contraponto ao que era, por eles mesmos, considerado uma invasão estrangeira, a guitarra elétrica. Exemplo: Geraldo Vandré, parte da obra de Edu Lobo, do lado do nacional-popular, contra a

Jovem Guarda de Roberto Carlos, internacionalista com sua guitarra e seu rock'n'roll. (Depois, os tropicalistas de Caetano Veloso e Gilberto Gil se encarregariam de relativizar esse conflito tão empobrecedor, misturando tudo.) Exemplo literário: certas posições que consideram como coisa exclusivamente autêntica o cordel nordestino, que seria puro, intocado pela influência estrangeira, como se o cordel não fosse uma espécie de continuação direta da prática da poesia cantada desde a Idade Média, na Península Ibérica e no sul da França, pelo menos. Exemplo literário e teatral com o melhor resultado dessa família: a obra de Ariano Suassuna.

Voltemos a Machado: ele percebeu que era necessário fugir tanto aos esquemas da cópia pura e simples quanto às exigências de uma renegação total do estrangeiro em favor do nacional. Sua saída: confrontar as duas coisas, colocadas em tensão dialética, na busca de outras maneiras de representar a experiência brasileira, compreendida como capítulo local da história da experiência humana. E ele conseguiu. Perdeu o medo de mexer nas estruturas do romance e do conto, arejando enormemente o cenário local com sua inventividade até hoje surpreendente (e cada vez mais reconhecida no exterior).

Depois dele, muita coisa sucedeu, nem sempre tendo aprendido essa lição. Os parnasianos, por exemplo, imitaram tudo, sem pudor, ao passo que os narradores naturalistas, entre os quais Lima Barreto e aqueles regionalistas do começo do século 20 (Monteiro Lobato, Simões Lopes Neto e outros), buscaram o desenho das coisas que estavam aqui mesmo, sem a ilusão parnasiana de estarem fazendo a arte europeia. Os modernistas, regra geral, procuraram problematizar a mesma tensão, chegando à formulação radical de Oswald de Andrade, que postulou a saudável ideia da antropofagia cultural como saída: engolir tudo o que vem de fora, mas aproveitar só o que há de melhor nela.

O Concretismo, grupo de poetas, tradutores, músicos e artistas plásticos, repôs o problema, de maneira singular: imaginou que a partir de suas teses revolucionárias o Brasil estaria finalmente em dia com as últimas discussões europeias e mundiais, e teria mesmo, na hipótese otimista de parte do grupo, condições de exportar arte. Tese ao mesmo tempo ousada, por tentar romper o círculo da condição dependente, e talvez ingênua, por imaginar que na arte e na cultura não haveria defasagem entre um país ainda periférico, o Brasil, e os centros de decisão. (Para os artistas incluídos num estreito círculo social isso talvez seja verdade, desde que a informação está globalizada; também é verdade que a arte brasileira tem certa repercussão fora daqui, bastando ver o sucesso da Bossa Nova, talvez a primeira modalidade artística brasileira realmente importante noutras partes, isso sem falar de gente que atinge pequenos públicos exteriores, como Villa-Lobos e Machado de Assis, Pixinguinha e Guimarães Rosa, por exemplo; mas nem esses exemplos apagam a realidade trivial de que o Brasil está na periferia do Ocidente, para o bem e para o mal.)

Tudo considerado, parece que a atitude mais produtiva para a literatura e a arte brasileira tem sido algo que se pode chamar de dialética, com toda a razão. Sendo país colonizado, é claro e fatal que o Brasil sofra influência, e por isso é preciso lidar com as formas importadas; na outra mão, é preciso auscultar a experiência local, o mais fundo que der, sem ilusões nacionalistas baratas, e também sem a fantasia de que seja possível inverter a direção dessa posição de dependência pela mera vontade do artista, tudo isso como preliminar para pensar como ela pode ser representada a contento, nem que para isso seja necessário, como tem sido, subverter, torcer, aclimatar, ajustar ou no limite desprezar a forma importada.

6. LINHAGEM DAS MEMÓRIAS

O grande crítico Antonio Candido, conversando certa vez com Oswald de Andrade, comentou que uma literatura nacional só fica madura quando tem memórias em profusão. Trata-se de um tipo de texto de alto valor, porque dá depoimento direto da vida, quase sempre a partir de um ponto de vista privilegiado: a vida de alguém, relevante ou não, que se toma como objeto de análise e rememoração, com isso permitindo a outros conhecerem os bastidores de sua alma e de seu tempo que de outra forma são inacessíveis. E Oswald, aceitando o mote, escreveu as suas, publicadas sob o título de *Um homem sem profissão*.

Ocorre que, sem dispormos de muitas memórias escritas no Brasil – contam-se nos dedos das mãos os livros de memória pessoal escritos no país por gente de primeiro nível, como Pedro Nava, Nelson Rodrigues e Erico Verissimo –, é surpreendente, para o bom observador, a vasta sucessão de narrativas ficcionais de feição memorialística que a literatura brasileira apresenta. Surpreende também que tenha sido pouco comentada, se é que algum dia o foi. Para ver essa mencionada sucessão de corpo inteiro, será preciso uma preliminar: a certeza de que o romance brasileiro tem sido, foi, desde a Independência até talvez 1960 ou 1970, o local por excelência da reflexão sobre o Brasil, sobre alguns dos mais persistentes fantasmas do país – em especial o tema da identidade nacional.

Aceita a preliminar, podemos ir aos fatos. A linhagem das Memórias, quer dizer, dos romances-em-forma-de-memórias, tem uma galeria de romances explicitamente concebidos ou nomeados como memórias:

Memórias de um sargento de milícias (1853), o primeiro e, singularmente, não narrado pelo protagonista, mas por um narrador de fora dos eventos; *Memórias póstumas de Brás Cubas* (1881); *O Ateneu* (1888); *Dom Casmurro* (1900); *Esaú e Jacó* (1904) e *Memorial de Aires* (1908); *Recordações do escrivão Isaías Caminha* (1909); *Memórias sentimentais de João Miramar* (1923); *São Bernardo* (1934); *Grande sertão: veredas* (1956); bem mais recentemente, *Lavoura arcaica* (1975), de Raduan Nassar, *Armadilha para Lamartine* (1976) e *Que pensam vocês que ele fez?* (1994), de Carlos Sussekind, e *Quase memória* (1995), de Carlos Heitor Cony. Isso sem entrar na geração ainda mais recente, em que despontam os textos de Milton Hatoum, Cristóvão Tezza, Vitor Ramil.

Estes, os participantes imediatos da linhagem, em livros que foram concebidos na forma de relato de memórias: um narrador dá voz à vida de um personagem, e quase sempre as duas posições se confundem na mesma voz narrativa, atuando em primeira pessoa. Há outros, porém, que de maneira um pouco cifrada também se filiam a ela, requerendo a sua inclusão, por isso, alguma nota explicativa. É o caso de *Lucíola* (1862), de José de Alencar, cujo arranjo narrativo guarda alguma proximidade com a forma da memória: um narrador se apresenta, na primeira página da ficção, para dizer que conheceu uma certa história, que talvez não seja adequada para a leitura de moças, mas que sua leitora, já uma senhora, saberá avaliar a experiência que ali vai ser contada com acerto. Não chega a ser uma memória, claramente, mas não deixa de ter pontos de contato: um experiência vai ser contada, e o fiador da veracidade da experiência é uma personagem que se apresenta em primeira pessoa.

Pode ser o caso também de *Macunaíma* (1928), de Mário de Andrade. O fluxo da história não é uma narrativa de tipo memorialístico; mas ao final, na última página do texto, ficamos sabendo que a voz que nos contou tudo o que lemos ficou sabendo daquilo pelo testemunho de um papagaio, testemunha de parte da história. Ou seja, mesmo com o caráter figurado evidente, com esse papagaio fazendo o papel de fiador da veracidade dos fatos, temos aí um traço da narrativa de memórias, o relato do transcurso de uma história a partir da experiência vivida.

Será também o caso de outros romances brasileiros. Tomemos *O amanuense Belmiro* (1937), de Cyro dos Anjos, livro de feição memorialística explícita. Vejamos outro caso: o de Erico Verissimo em sua mais consagrada obra, *O tempo e o vento* (editado entre 1949 e 1961). Na imensa saga das famílias Terra e Cambará, lemos um painel histórico mais aparentado da linguagem e da estrutura da historiografia do que da linguagem da memória. No entanto, ao final do último volume, com certa surpresa ficamos conhecendo que a história toda foi escrita (ou está sendo escrita) por um descendente daqueles personagens gloriosos. Ou o caso de José Cândido de Carvalho, em *O coronel e o lobisomem* (1964), também narrado como memória. Ou o caso de Clarice Lispector, por exemplo em *A paixão segundo G. H.* (também de 1964), caso explícito de narrativa memorialística. Forçando um pouco o limite, poderíamos também incluir aí a belíssima novela *O sargento Getúlio* (1971), de João Ubaldo Ribeiro. O que nele lemos é o fluxo de consciência do personagem central, que vai vivendo e pensando as coisas num presente perene – e esse dado, o tempo, seria bom motivo para afastá-lo da linhagem das memórias, de vez que essas só podem, por definição, ser escritas *a posteriori*.

Então, fica assim: de *Memórias de um sargento de milícias* a *Grande sertão: veredas*, passando por Machado, Oswald e Graciliano e chegando a Raduan Nassar, Carlos Sussekind e Carlos Heitor Cony, com o acréscimo daqueles outros autores, fica configurada a alta linhagem das Memórias na história do romance brasileiro. Que sentido se pode entrever na existência de tal linhagem? Por que um país como o nosso, de maneira singular no cenário da literatura dos séculos 19 e 20, houve por bem, sem qualquer combinação prévia entre os atores, produzir tantos e tão significativos romances segundo uma mesma estratégia narrativa, a das memórias? Por quê? O que explica que os melhores romancistas do Brasil (que são Machado, Graciliano, Guimarães Rosa) tenham apelado para um forma narrativa cuja origem não é tipicamente romanesca, embora haja casos similares, esparsos, em outras literaturas?

(Vale um parêntese antes de responder. Claro que há narrativas ficcionais em primeira pessoa em outras línguas, provavelmente em todas as línguas; e não estamos ignorando o fato de que o romance moderno de circulação nos grandes centros urbanos modernos, nascido na primeira metade do século 18 na Inglaterra, também apresentou larga proporção de narrativas em primeira pessoa, como foi o caso de futuros clássicos do romance como *Robinson Crusoé* [1719] e *Moll Flanders* [1721], ambos de Daniel Defoe. O que ocorre é que no Brasil, ao longo de todo o tempo, o romance parece ter convergido majoritariamente para essa modalidade de relato, enquanto em outras culturas e línguas o romance pôde haver-se com a narrativa em terceira pessoa sem maiores problemas. Essa concentração é que é o ponto.)

Evidentemente haverá mais de uma hipótese explicativa, mas uma em particular cabe à perfeição no curso deste argumento. "Amigos", diz o sábio Nelson Rodrigues em certa crônica, "eu gosto muito de falar de mim mesmo. Sempre que conto uma experiência pessoal, sinto que nasce, entre mim e o leitor, toda uma identificação profunda. É como se, através do meu texto, trocássemos um imaterial aperto de mão." O narrador de um romance de feição memorialística repete esse gesto, e sente em suas entranhas a mesma hipótese de encontro e identificação. A voz que fala num romance da linhagem das memórias, na literatura brasileira, faz a mesma coisa: abre seu coração para o leitor, isto é, se torna, com esse gesto, a fala de um ser humano digno de atenção, como aquele que confessa. E quem confessa se examina e torna-se, por isso, digno de ultrapassar as condições em que se encontra. Então, a primeira explicação está aqui: a voz do romance memorialístico brasileiro inventa, postula, forja um *eu* enunciador que se apresenta como alguém que merece ser ouvido.

Por outra parte, o narrador de memórias, quaisquer que sejam, estando ele num momento de verdade, de desvelamento, de revelação do sentido da vida, deseja ardentemente um leitor. "Dizem que o poeta, ou romancista", diz ainda Nelson Rodrigues, em outra passagem, "escreve para se comunicar. Não é bem assim. Ou por outra: – ele quer entrar em relação com um leitor ideal, utópico, mágico. Sim, um leitor que não existe, nunca existiu." O romance da linhagem das memórias, no Brasil, ao perfazer seu gesto confessional e memorialístico, de revelação de um passado dentro do qual se encontrarão motivos de reflexão sobre a vida, está igualmente postulando um leitor, esse leitor utópico e total de Nelson.

Temos, então, uma dupla postulação, feita nos termos da ficção narrativa: de um lado, a de um eu, o memorialista; de outro, a de um tu, o leitor. A fiança dessa relação é a matéria da memória que vai sendo destilada ao longo do texto. Bem, e qual é o sentido disso para o Brasil? E por que terá parecido necessário ao maior romance brasileiro postular um eu e um tu, que se relacionariam por dentro de uma linguagem própria das memórias?

Resposta, melancólica de tão óbvia: porque pareceu aos escritores que não havia nem um eu digno de falar e de ser ouvido, estável e reconhecível por si, nem um tu disponível para a audição. Não estavam dadas as posições nem do narrador (do escritor, em sentido amplo), nem do leitor. O eu não havia porque não havia identidade: não sabíamos de onde, desde onde, a partir de que lugar culturalmente constituído estávamos falando, se era da colônia, se era do país do futuro, se era do país liberal, se era do país dos escravos, se era do Brasil litorâneo, se do Brasil do sertão profundo, nem se era para contar uma dor de amor ou uma paixão de posse. Mais ainda: quem nos garantiria que uma voz surgida daqui, do meio desse mosaico insano, teria o que dizer? Por outro lado, não havia um tu, evidente e prévio. O leitor, já muito escasso na vida real, como o demonstram os censos de toda a história brasileira, também ele foi preciso inventar. Foi necessário postular sua existência. E para garantir um pouco de crédito para a voz que se apresentaria, foi imprescindível inventar uma urgência: a voz de alguém que está sentado sobre a experiência e quer entender o sentido das coisas que fez e viu (Riobaldo, de *Grande sertão: veredas*), quem sabe mesmo alguém já com muitos fracassos nas costas e quer também entendê-las (Bento Santiago, em *Dom Casmurro*; Paulo Honório, em *São Bernardo*), quem sabe mesmo alguém já velho e à beira da morte. Inventamos as memórias. No plano específico: inventamos uma linguagem para dizer as memórias que forjamos.

Não tínhamos memória? E acaso nós não passamos o tempo todo dizendo que o Brasil não tem memória? Pois aí está: temos, em profusão. Com a singularidade de termos inventado cada uma delas, e isso não apenas para que elas fossem palatáveis, mas para dizer, com a ficção, a verdade profunda, a verdade que não confessamos nem ao médium, depois de mortos; a verdade que só dizemos num terreno baldio, com a presença de uma muda e solidária cabra vadia, à meia-noite, na entrevista imaginária (as três imagens são das crônicas de Nelson Rodrigues, o sábio que ajudou a ver essa evidência). Precisamos fingir para ser verdadeiros: para contar como funcionava a patifaria da classe dominante do Império, demos a palavra para o pequeno canalha Brás Cubas; para dizer como era a mente de um arrivista inescrupuloso, fizemos Paulo Honório revelar-se; para enunciar a morte do sertão heroico já em vias de desaparecer pela chegada dos doutores do governo e da lógica do Estado, ouvimos a voz de Riobaldo.

Ficou faltando um aspecto dessa linhagem, que fica aqui apenas apontado: é de espantar a quantidade de relatores de memórias, nessa linhagem, que quer ter filhos e não tem. Os maiores personagens de Machado, todos, quer dizer, nenhum tem filhos; Riobaldo silencia a respeito; Macunaíma brinca com dezenas de mulheres mas acaba sem descendência. E outros, e outros. (E os que lutam com a imagem paterna, representando o lado inverso do mesmo aspecto: isso está em Graciliano, em Cony, em Raduan Nassar.) Matéria para pensar, essa simbólica ausência de filhos, numa terra que se compreende como pródiga para todos.

7. O GOSTO PELOS GÊNEROS MENORES

Muita gente já observou e comentou com amigos, em volta de um chope: o Brasil parece ter grande afinidade com gêneros artísticos menores (ou tidos como menores, como a caricatura, a crônica, a canção popular, em relação a outros tidos como maiores, como o retrato, o romance, a sinfonia), que talvez sejam adequados aos temas ou ao fôlego disponíveis. Isso não significa dizer que não haja belos casos de acerto nos gêneros ditos maiores, mas sim que nos menores a cultura nacional encontra-se, talvez, em seu elemento. (Os gêneros tidos como menores, não por acaso, são os mais ligados à cultura de massas, ao mercado moderno: a caricatura e a crônica vivem no jornal, e a canção popular no rádio, na televisão e na internet, os meios massivos de comunicação; os gêneros tratados pela tradição como maiores exigem um espectador/leitor/ouvinte mais sofisticado, capaz de sutilezas que só o tempo e a dedicação permitem perceber. Quer dizer: os menores tendem ao burguês, os maiores ao aristocrático.)

Poderíamos falar de vários gêneros menores, a começar talvez da pintura ilustrativa e da escultura decorativa, casos ambos muito presentes e efetivos nas igrejas construídas entre os séculos 17 e 18, na Bahia, em Minas e noutras partes, no Nordeste e mesmo no jovem Sul (as Missões jesuíticas, por exemplo), segundo as leis do chamado Barroco. Ou falar, a respeito da mesma época, do mundo da composição musical, na parte também dedicada ao ambiente das igrejas. Ou ainda mencionar o grande acerto da mão nacional no desenho de caricaturas, de que nossa história é farta em exemplos.

Mas fiquemos em dois casos literários – ou melhor, num caso literário e noutro paraliterário ou semiliterário: respectivamente a crônica e a canção popular. A primeira, em que visivelmente a literatura brasileira se sai bem, tem longa história, que arranca na metade do século 19, quando há jornalismo diário estável entre nós. (Para comparar, é de ver que o chamado ensaio inglês floresceu também no jornalismo, mas um século antes – pelo simples e bom motivo de que foi na primeira metade do século 18 que a imprensa diária começou a atuar por lá.) A canção, por sua, vez, tem história mais longa ainda, em sentido amplo, e há mais ou menos 50 anos está no centro da experiência cultural de nosso país.

Da crônica, podemos dizer coisas relativamente seguras, em sentido descritivo. Trata-se de um gênero não deliberadamente ficcional, de tamanho curto, ocupado de assunto variadíssimo, que vai dos sentimentos do cronista à filosofia, passando por qualquer tema da vida cotidiana. O dado cronológico ajuda a circunstanciar algumas coisas. O termo "crônica" migrou desde o domínio do relato histórico (em Portugal se usava falar em *crônicas* para designar os relatos da vida de reis, por exemplo) até o domínio literário, na altura de 1850, quando "crônica" e "cronista" passam a ser usados com o sentido atualmente generalizado em literatura: é um gênero específico, estritamente ligado ao jornalismo. O primeiro cronista parece que foi Francisco Otaviano de Almeida Rosa, em folhetim do *Jornal do Commercio* do Rio de Janeiro, na precisa data de 2 de dezembro de 1852.

Quem foi cronista? No século 19, todo mundo, mesmo quem não escreveu textos curtos. Manuel Antônio de Almeida, o autor das *Memórias de um sargento de milícias*, foi cronista no sentido da fixação, em forma escrita, de quadros da vida cotidiana. José de Alencar foi cronista, assim como Machado de Assis, este o primeiro a alcançar excelência para seu texto nesse gênero. Na passagem de um século a outro, apareceram pelo menos mais dois grandes nomes, o conservador Olavo Bilac, mais conhecido como poeta parnasiano e que, na crônica, se afastava bastante daquele padrão de impassibilidade classicista para mergulhar em temas do momento, e o inovador João do Rio, espécie de repórter cultural do Rio belepoqueano, um escritor que se dispôs a percorrer a cidade a fim de entendê-la em sua multiplicidade.

Sem mencionar vários cronistas de bom nível, não se pode deixar passar o nome de Rubem Braga, o sujeito que nos anos 1930 deu à crônica o estatuto definitivo de literatura. Jornalista de profissão, provido de certo senso aventureiro, Braga só publicou livros de crônicas durante a vida, e mesmo assim foi reconhecido como escritor, com todos os direitos simbólicos disso. Era um sensível, um lírico, dotado de humor delicadamente irônico. Bem diferente de outro mestre absoluto do gênero, Nelson Rodrigues, dramaturgo e também jornalista, que escreveu crônica geral e crônica esportiva (como seu irmão mais velho, Mário Rodrigues Filho, o popular Mário Filho, jornalista esportivo tão importante que é o seu nome que batiza oficialmente o estádio do Maracanã, no Rio de Janeiro). Nas duas, Nelson foi um singular, pela capacidade de fixar tipos humanos (como Palhares, o canalha, padre de passeata e outros), por definir expressões que entraram para o folclore da linguagem brasileira (como o "óbvio ululante"), por demonstrar uma intensa e um tanto suicida coragem de expor suas opiniões, mesmo quando elas eram francamente hostis à média do pensamento da época, como ocorreu durante os primeiros anos da ditadura de 64, que era odiada pela classe média leitora mas defendida por Nelson.

Para não deixar em branco, veja-se que a crônica em língua portuguesa do Brasil viu nascer gente como Otto Lara Resende, Carlos Drummond de Andrade, Paulo Mendes Campos, Fernando Sabino, Antônio Maria, Ivan Lessa, Luis Fernando Verissimo, Aldir Blanc, Carlos Heitor Cony, cada qual manejando a língua no seu à vontade, sendo esta uma das pré-condições para a existência da crônica.

Já a canção conta com uma legião tão vasta de compositores que é sempre uma temeridade referir apenas alguns. De todo modo, é certo que, em sua qualidade de gênero menor – breve, com duração de poucos minutos e, mais importante ainda, acessível até aos analfabetos, que podem não apenas escutar mas também compor –, a canção no Brasil ocupa um lugar central na vida cultural, pelo menos a partir da Bossa Nova, movimento musical de curta duração e imenso impacto, nascido em 1958 em torno de três figuras centrais, o músico e cantor João Gilberto, o maestro e compositor Tom Jobim e o poeta e compositor Vinicius de Moraes. A partir da Bossa Nova, o Brasil passou a reconhecer na canção um gênero artístico que merecia atenção propriamente estética e que ganhava respeitabilidade social, para muito além de sua função já consagrada de ser um elemento de diversão, praticado sobretudo pelas classes populares e/ou pouco letradas, até então. E a partir dela, igualmente, ocorre uma espécie de integração nova, uma inédita síntese entre o artista sofisticado, antenado com a arte exigente, e o povo simples, ligado a formas singelas de arte, aproximação sonhada por tantos, em várias épocas, e possível aqui, no contexto de uma sociedade de massas. Não é que tenhamos atingido o paraíso ou que as contradições sociais tenham deixado de existir, evidentemente, mas é certo que as coisas passaram a outro patamar, mais orgânico na mediação entre esses diferentes níveis, agora com o resultado de uma arte em que as partes se reconhecem e com que se medem.

De certa forma, essa relação ocorre desde muito tempo. Deixando de lado os precursores, gente como o poeta e modinheiro Domingos Caldas Barbosa, que no século 18 encantou Portugal com a doçura da modinha brasileira, no final do século 19 aparece a primeira grande geração de cancionistas, girando principalmente em torno da figura de Chiquinha Gonzaga. Logo depois, na época do nascimento do samba propriamente dito – os primeiros 20 anos do século 20 –, temos lado a lado um gigante como Pixinguinha, que deu a cara definitiva ao choro, e gente como Donga, Sinhô e João da Baiana, todos negros e de origem popular que desbravaram o caminho que levava da atualidade até o porão da cultura africana transplantada à força para o Brasil (e todos eles conhecidos, não por acaso, por apelidos familiares), compartilhando a cena com gente de formação mais sofisticada, como Ernesto Nazareth e Catulo da Paixão Cearense, dois criadores desiguais (Nazareth, um pianista de recursos vastos, Catulo um letrista saudosista e muitas vezes pernóstico) mas decisivos na fixação da canção no país.

A lista é imensa, como dissemos antes, de forma que é bom ficar só nos melhores entre os melhores. Ficar, na geração seguinte, aquela que aparece no cenário nos anos 1930, com ninguém menos, ninguém mais que Ary Barroso e Noel Rosa, brancos de classe média que entenderam que ali estava um caminho genial da cultura brasileira, formando ao lado de gente do morro como Ismael Silva e Cartola. Depois vieram Dorival Caymmi, Luiz Gonzaga, Lupicínio Rodrigues e Adoniran Barbosa, mais a voga do samba-canção. E vem a já mencionada Bossa Nova, abrindo caminho para a geração que está em seu auge ainda agora, gente como Chico Buarque de Holanda, Caetano Veloso, Gilberto Gil, Paulinho da Viola, Edu Lobo e tantos outros. (A lenda registra que Chico, Caetano, Gil, Edu e Roberto Carlos ouviram o disco *Chega de saudade*, lançado em 1958, e foram por ele derrubados, definitivamente. O talento de qualquer um deles poderia render carreira de relevo em várias outras áreas da arte, cinema, teatro, literatura, ensaio, áreas em que por sinal alguns deles se exercitam, mas a Bossa Nova os convocou para a música popular. Depois dela, nem o futuro nem o passado jamais foram os mesmos na cultura brasileira.)

Resumindo esta brevíssima lembrança de nossa feliz relação com os gêneros menores, é possível dizer que, bem pesadas as coisas, a canção também é crônica, no sentido de que ambas comentam a vida, com ar preocupado ou leve, procurando a saída ou simplesmente deixando a vida levar, sempre em linguagem acessível, tirada da rua brasileira, e alcançando grande representatividade. Direto ao coração da cultura brasileira.

8. REGIONALISMO

Entre as questões mal resolvidas na cultura brasileira está aquela que atende pelo nome de Regionalismo. A palavra é problemática por si – no fim das contas, o que mesmo quer dizer "regional"? Em sentido amplo, tudo é região, dependendo do que se quer chamar de região. A menos que se aceite como natural o critério imperialista de que há um centro e o resto que trate de ficar girando em torno, caso em que esse resto fica com a pecha de "regionalista", ou que se use um critério fortemente consolidado mas nem por isso menos discutível, do ponto de vista intelectual, que é aquele que opõe a cidade e sua cultura ao campo e sua cultura, caso em que o mundo rural é rebaixado ao patamar de "regionalista". Este último é que deve ser a chave do debate crítico, no Brasil, na opinião deste palpiteiro aqui, que por sinal prefere chamar "literatura de tema rural" o que os manuais convencionais chamam de "literatura regionalista".

Não vamos recuar tanto assim a ponto de voltar ao começo da história das cidades no mundo. Mesmo porque nosso país é relativamente jovem, contando apenas cinco séculos de vida integrada ao mundo ocidental letrado. Basta recuar até o Renascimento mesmo, aos começos daquilo que em história se chama de Idade Moderna, quando na Europa se superou a organização do mundo feudal em direção ao mundo burguês – palavra por sinal derivada de "burgo", cidade, o local onde passou a se concentrar gente, dinheiro e poder numa proporção jamais vista antes na experiência humana. De forma que, quando o Brasil foi colonizado pelos portugueses, já se desenhava a supremacia da cidade sobre o campo.

Só que a vida brasileira era puro mato, e assim continuou por muito tempo. Toda a civilização forjada no litoral brasileiro para administrar a presença portuguesa e a produção de pau-brasil e de açúcar não alcançava quase nada do território que viria a ser o Brasil. As cidades dos séculos 16 e 17 eram pequenas, com a possível exceção de Salvador, no fim dos anos 1600. A rigor, foi apenas nas Minas Gerais, no século 18, que apareceram cidades dignas do nome; nelas, a literatura começou a existir materialmente, como realidade manifestada em livros e leitores (ainda não havia gráficas, porque Portugal não permitia – e aí está um dos fatores que nos diferencia negativamente da América hispânica, que contou com impressão de livros desde o século 16, enquanto nós precisamos esperar pela vinda de D. João VI, em 1808). Foi ali, em cidades como Vila Rica, atual Ouro Preto, que a divisão entre campo e cidade começou a se fazer notar: em poemas de Cláudio Manoel da Costa aparecem algumas escarpas mineiras, e na poesia de Tomás Antônio Gonzaga são referidos alguns elementos da paisagem e já se faz restrição à vida na cidade, vista como opressiva. E é só.

Mais adiante, já mergulhados na Independência e nas tarefas que o Romantismo apresentou, os intelectuais e escritores brasileiros se deram conta da vastidão real do país. Por um lado, era preciso buscar para a literatura os elementos que configurassem a identidade, e esses elementos deviam contar com a paisagem rural e com os índios. Mas havia também as províncias remotas, às quais nunca se ia mas das quais provinham gentes para a Corte, o Rio de Janeiro; nessas províncias – o Pará no Norte, o Ceará e Pernambuco no que se chama de Nordeste, o Rio Grande do Sul na ponta meridional – não apenas a paisagem era diferente, como a própria linguagem tinha singularidades. Isso sem falar que, dada a existência da escravidão, o motor do país, havia uma nação claramente dividida entre gentes e não gentes, com matizes entre brancos, mulatos e negros livres *versus* negros e mulatos escravos, tudo isso configurando um abismo social que era talvez mais nítido no campo do que na cidade (porque nela havia mais posições intermediárias entre os extremos absolutos do proprietário de escravos e o escravo), mas estava presente em toda parte. Abismo que se inscreveu na alma do país e é uma de suas feições evidentes ainda hoje.

Mas nem sempre a cidade foi o local mais prestigioso. A rigor, apenas a partir da chegada da Corte portuguesa ao Rio de Janeiro ficou definitivamente chique viver na cidade, e não no campo, muito embora a riqueza principal do país ainda proviesse da terra. Em todo o caso, é certo que, na altura da metade do século 19, a cidade passa a ser o critério por excelência da vida mental. É nela que tudo acontece: o jornal, a escola, a faculdade, a livraria, o teatro, a fofoca elegante, a confeitaria, os encontros, o livro. Ainda que por aqui as cidades fossem bem menores e muito mais simples do que na velha Europa, o Brasil também tornou a cidade e a vida urbana em critério geral de validação cultural. (Para quem se interessa por conhecer o registro cultural da cidade europeia, vale a pena ler por exemplo um romancista comunicativo como o inglês Charles Dickens, que descreve os horrores da concentração de pobreza e de riqueza em sua Londres, ou um poeta sofisticado como Charles Baudelaire, que arranca da alma os gritos pela degradação da vida na Paris de seu tempo.)

Resumindo a equação: no final do século 19 o que valia era a cidade, sua cultura, sua dinâmica, numa hegemonia que transforma dominação em universalidade – o Rio da Primeira República viveu um período que é chamado, hoje com ironia, mas na época com gosto, de "Belle Époque" (francês, "Época Bela"), expressão cunhada na França mesmo para referir o período anterior à Primeira Guerra, inciada em 1914. Com a guerra, as fantasias de civilização requintada, culta, delicada, artística, foram para o brejo mais hediondo. (Não por acaso, este é justamente o quadro histórico em que um gênio da história humana, Sigmund Freud, bota o dedo na ferida e demonstra o que havia, há, de frágil e enganoso naquilo que parece chique, resistente e eterno.) Formou-se a equação ainda hoje vigente: a cidade estava para o campo, assim como o "universal" estava para o "regional" – e assim também, em países grandes como o Brasil, o nacional estava para o provincial.

Justamente nos anos entre 1880 e 1920, mais ou menos, quando o Brasil urbano está coberto pelo discurso "universal" do Parnasianismo, surge uma profusão de relatos "regionais", quer dizer, focados no campo ou em cidades pequenas e abordando questões ligadas a ele. Muita coisa disso teve alcance meramente decorativo, mas muita outra tinha força. Envolvidos na tarefa de debater o mundo rural que se modernizava, enquanto morria um modo antigo de vida, entraram em campo vários autores de romances naturalistas (entre outros, *Dona Guidinha do Poço* [escrito por volta de 1890, publicado apenas em 1952], de Manoel de Oliveira Paiva; *A normalista* [1891], de Adolfo Caminha; *Luzia-homem* [1903], de Domingos Olímpio), de par com contistas e contadores de causos (entre outros, Afonso Arinos,

Cornélio Pires, Valdomiro Silveira, Alcides Maya, Monteiro Lobato e o melhor de todos, Simões Lopes Neto). Considerada em conjunto, essa turma toda praticamente recobriu o país, de alto a baixo, relatando o que, aos olhos do Rio (e da Europa em geral), era tido como atrasado, menor, antigo, superado – "regional".

Foi essa geração que salvou do esquecimento, a que se dirigiam pela marcha da modernização, certos tipos humanos como o velho peão matreiro, depósito vivo da experiência brasileira (foi o caso do personagem Blau Nunes, de Simões Lopes Neto), e como o inolvidável caipira, parado no tempo e digno de pena, personificado em Jeca Tatu, de Monteiro Lobato. Este tornou-se o símbolo negativo por excelência de tudo o que significava atraso, do ponto de vista urbano e moderno: era indolente, com cara anêmica, parecendo tomado de vermes; era uma espécie de praga nacional, que devia ser extirpada ou, na melhor hipótese, colocada de lado, para que o progresso cumprisse seu glorioso destino. E foi assim que, para atender às exigências da flamante indústria e do futuro redentor, as figuras do interiorano, do rural, do regional, foram estigmatizadas, sem muita distinção entre os jeca tatu, os blau nunes e outros.

O caso é que nem por isso o mundo interiorano deixou de existir. Nos anos de 1930, toda uma excelente geração de narradores, já mencionada antes, tomou a palavra para relatar, na forma do romance (que nasceu nas cidades, é bom lembrar), temas diretamente extraídos do mundo regional: a Bahia de Jorge Amado, o Rio Grande de Erico Verissimo, o Nordeste seco de Graciliano e Rachel de Queiroz, a decadência dos engenhos de José Lins do Rego (e as fazendas de café decaídas ou decadentes, na melancólica obra de Cornélio Penna). Assim também a vida nas cidades provincianas, retratadas na obra de Dyonélio Machado, Cyro dos Anjos e Amando Fontes. O maior poeta da geração, Carlos Drummond de Andrade, tendo a vocação das vozes universais, frequentou miudamente seu passado interiorano de Itabira, em Minas Gerais.

Antonio Candido, o principal pensador da literatura brasileira de todos os tempos, notou com precisão: no Romantismo, os registros da natureza e do mundo rural correspondiam a uma *consciência amena do atraso*, quer dizer, a uma percepção de que esta terra brasileira era mesmo diferente da Europa, era atrasada, mas isso não era motivo de tristeza, porque o artista de certo modo se regozijava com o desenho da paisagem atrasada; já nos anos de 1930, dada a evolução das coisas, ocorreu aos escritores uma *consciência catastrófica do atraso*, em que o mundo rural passou a figurar não como elemento identitário, muito menos ufanista, e sim como signo de problema social. E foi justamente essa capacidade crítica, presente em 30 mas ausente no Romantismo (e não claramente formulada na geração naturalista acima mencionada, nos fins do século 19, geração que foi mais lamentativa do que analítica), que garantiu ao romance de Graciliano e seus contemporâneos certa universalidade, no sentido de obter certa capacidade de falar a todos e a qualquer um. (Os naturalistas ainda têm um agravante em seu problema: não conseguiram equacionar, salvo uma exceção – Simões Lopes Neto –, o problema da linguagem regional.)

O mesmo Candido apontou que, ao fundo da questão regional, deve-se levar em conta que o principal da cultura brasileira é mesmo urbano; acresce que alguns autores das províncias ocupados com o tema rural bem merecem ser qualificados como regionalistas mesmo, no mau sentido do termo, porque tratam o homem do campo como exótico, como um item da paisagem, e não como um ser complexo (mais ou menos como os românticos haviam tratado o índio). Isso sem falar de outro aspecto, que deve compor o painel da conversa esclarecida sobre regionalismo: alguns desses autores dedicados ao tema rural expressam um apreço localista que se mistura com um enorme ressentimento e que chega até a uma visão de separatismo. São casos que se verificam no extremo norte e no extremo sul, regiões acostumadas ao afastamento dos centros de decisão, mas insubordinadas com a situação, e ainda por cima regiões que mantêm contato mais ou menos próximo com países e culturas de outros países, no sul com os países do Prata, no norte mergulhadas no mundo amazônico, que é internacional por circunstância geográfica e histórica. Isso sem falar de movimentos de índole separatista propriamente dita, no plano cultural e até político, no próprio Nordeste e no Sul. Estamos aqui no caso que Candido chamou de literaturas nacionais atrofiadas, quer dizer, circuitos letrados que expressam culturas que em algum momento se pensaram como autônomas em relação ao centro do país. Tudo isso, toda essa variedade, está escondido sob o rótulo insuficiente, redutor e anticrítico de "regionalismo", o que já deveria ser motivo suficiente para ele ser posto de parte, no debate relevante.

O certo é que em todos os momentos de sua história o Brasil precisou enfrentar o tema das regiões. Por vezes parece haver um movimento de acolhida das singularidades regionais pelo centro (no Romantismo, por exemplo), mas por vezes o que mais se nota é o rechaço do centro (na estigmatização do caipira) ou o desejo de renegação do centro pelas regiões (movimentos culturais autonomistas). A cidade unifica a todos no século 20, é certo, e ainda mais neste começo de milênio, em que menos de um quarto da população brasileira vive no campo. Mas a questão permanece, tanto em formas eruditas – a obra de Ariano Suassuna o comprova – quanto em formas populares e populistas – as pencas de duplas pseudocaipiras o demonstram. E a atual mundialização dos mercados, a mcdonaldização do planeta, encontra nos autores regionalistas, para o bem e para o mal, um dos únicos antídotos para sua escalada acachapante. Vale a pena considerar essa dimensão, antes de jogar a todos na vala comum da trivialidade.

9. SUPER-REGIONALISMO ou NOVA NARRATIVA ÉPICA

Aí, quando menos se espera, vem das profundezas do sertão um sujeito como Guimarães Rosa. Sendo cronologicamente da geração dos autores que estrearam em livro já na década de 1930, como José Lins do Rego, Erico Verissimo, Rachel de Queiroz, Jorge Amado e tantos outros, Guimarães Rosa só vai mesmo aparecer em 1946, quando publica *Sagarana*, contos, e fixa para sempre sua passagem no mundo das letras uma década depois, com a publicação do romance *Grande sertão: veredas*, monumento artístico sensacional.

Como vimos antes, o pé em que a questão do regionalismo estava era o seguinte: depois da visão mais ou menos eufórica dos românticos, veio a onda naturalista com seu choro pelo fim do mundo rural e natural (e tensionada pela linguagem, ainda irresolvida), seguido de perto pelos romancistas de 1930, esses aparelhados de lente crítica moderna, capaz de diagnosticar racionalmente as estruturas do mundo rural de modo a ver o sentido e o destino dos homens nesse mundo, que agonizava.

Mas não morria. Ainda que permaneça mais como memória do que como realidade de vida cotidiana, o mundo rural e natural se impõe no Brasil. Salvo o caso da cidade de São Paulo, de que a natureza parece mesmo ter sido banida e confinada nos vasos de plantas e nada mais, em toda parte o país está mergulhado na natureza, seja a Amazônia, seja o pampa sulino, o sertão ou o Pantanal, seja na lonjura de Corumbá ou mesmo na antiga capital, o Rio de Janeiro, ilha cercada de mato, morro e mar. Isso para não falar da enorme extensão territorial, sempre sujeita a solavancos naturais de chuvas, raios e soalheiras. Quer dizer: a natureza não se domestica assim tão fácil. Nem na literatura. (Se quiser comparar, basta ver a presença muito menor do tema nas literaturas de outros países americanos, dos Estados Unidos à Argentina. Por algum motivo, talvez apenas o trivial motivo da realidade dos fatos, o Brasil está mergulhado no problema da natureza e do mundo rural, ainda agora.)

O certo é que, com a chegada de Guimarães Rosa no cenário, o debate sobre o regional/rural se renovou. Em 1956, quando lançou sua obra magna, ele precisou ouvir críticas delirantes como, por exemplo, aquela que dizia ser seu livro uma mera revivescência do passado regionalista, já encerrado, ou aquela que afirmava ser o *Grande sertão* uma mera curiosidade acadêmica, própria para professores de linguística. O livro, como todos sabem, traz a voz de apenas uma pessoa, o ex-jagunço Riobaldo, que conta sua própria história, desde o passado remoto, quando nasceu como marginal social no sertão, até o presente, no momento em que conta sua história, já instalado numa condição social confortável, proprietário de fazendas. E conta numa língua toda sua, misto de recriação da fala sertaneja com a singular verve do contador de causos interiorano, que quando conta nunca vai direto ao ponto, preferindo as sinuosidades da conversa lenta e mastigada. Ao contar as peripécias que viu e viveu, Riobaldo vai fazendo também o luto pelo sertão que conheceu e que está se transformando, se modernizando.

Guimarães Rosa, nesse livro, aboliu a distância entre o narrador e o personagem, ao passar a palavra para o próprio protagonista. Com isso, evitou um dos erros frequentes na geração naturalista de autores dedicados ao tema rural – o abismo de linguagem entre um narrador culto, falando em língua canônica, e o caipira inculto, comunicando-se em língua estropiada. (Só um autor escapou dessa armadilha, resolvendo uma geração antes de Guimarães Rosa esse problema: Simões Lopes Neto.) Precisou inventar todo um idioma, mas valeu a pena. No mínimo, ele deu o sinal, no mais alto grau de artisticidade, de que tem cabimento meter a mão na língua das gentes comuns, para tirar de lá não o pitoresco e o exótico, mas o dramático e o humano – daí aparecer na boca de Riobaldo a palavra peculiar que nomeia um fenômeno daquele mundo afastado, a frase de sabedoria lapidada por várias gerações, a sintaxe peculiar que faz a frase andar por movimentos que na cidade não se usam.

(O gaúcho Simões Lopes Neto, nos anos 1910, andou pela mesma trilha literária, mas sua excelente literatura comunica menos que a de Guimarães Rosa, com muito mais dificuldade, por dois motivos básicos: primeiro, o mundo a que se refere, o do pampa e da estância de gado sulina, é menos conhecido pelo leitor brasileiro médio do que o mundo do sertão, porque este é origem social de parte substantiva da população do centro do país e é também terra natal de muitos escritores brasileiros, sendo por isso tema de muito mais literatura; segundo, a linguagem de que se serviu, sendo já por si menos compartilhada do que a do sertão, depende do vocabulário localista muito mais do que a obra de Guimarães Rosa.)

Antonio Candido fala em super-regionalismo, a propósito de Guimarães Rosa, indicando com isso uma espécie de superação, de dentro do problema para fora, dos limites acanhados em que costuma se movimentar o regionalismo trivial. É verdade, porque a obra do genial mineiro lida com temas absolutamente transcendentes, atendendo às maiores e mais radicais perguntas que toda a grande arte se coloca, desde sempre – as perguntas pelo sentido do amor e da morte, pela validade da guerra e da dificuldade da paz, pelo destino da vida enfim. Houve, porém, quem preferisse enquadrar sua obra no campo do *realismo mágico*, ou *realismo fantástico*. De fato, até a década de 1970 foi intenso o debate teórico com vistas a entender o lugar desse tipo de narrativa no contexto maior.

De que se tratava? Guimarães Rosa tinha escrito, em linguagem que incorporava a fala popular dos grotões do Brasil, uma obra narrativa que relatava episódios incrivelmente "atrasados", do ângulo urbano dos anos 1950: lutas entre coronéis, lealdades literalmente até a morte, deslocamentos de bandos de homens pelo meio do nada, lugares ausentes de civilização. E mais ainda: muitos dos episódios eram narrados como obra do Além, provindos de forças sobrenaturais. Parecia uma total irracionalidade, num momento de alta racionalidade (no Brasil, os anos 1950 conhecem o Concretismo, a construção de Brasília, a chegada da moderníssima indústria automobilística). Como explicar isso tudo: seria mera antiguidade, ainda a velha lamentação pelo fim de um mundo primitivo, natural (e "regional", ainda por cima), regulado pela força bruta e não pelo primado da Lei, pela lógica do Estado?

A aparente confusão encontra uma teoria de conjunto, original e instigante. José Hildebrando Dacanal, em sintonia com o debate sobre os caminhos da América Latina que ocupou as décadas de 1960 e 1970, de que a

Comissão Econômica para a América Latina (CEPAL), órgão da ONU com sede no Chile, representa um momento alto – o subcontinente estava mergulhado em ditaduras pavorosas, a economia se internacionalizava mais e mais, as regiões geográficas por mais remotas que fossem estavam sendo incorporadas à lógica da produção para o mercado e do consumo e portanto estavam começando a ser reguladas pela Lei e pelo Estado –, formulou a hipótese de que Guimarães Rosa forma parte de uma geração de escritores que traziam de fato uma grande novidade para o cenário, não apenas no plano nacional brasileiro, mas latino-americano de pleno direito. Ao lado do colombiano Gabriel García Márquez, do mexicano Juan Rulfo e outros, o mineiro Guimarães Rosa flagra em seu romance uma transição historicamente verificável: aquele que se origina na chegada da lógica urbana, racional e moderna aos fins de mundo da América, aquela que mergulha na consciência mítico-sacral do mundo que morria e volta à tona na consciência lógico-racional do mundo que se impõe. Daí que Riobaldo seja aquele sujeito por vezes dubitativo, mas no fim das contas sereno em sua nova percepção do mundo: "O que existe" – diz ele ao final, após arguir por toda a vida a existência do demônio – "é homem humano. Travessia."

Não, isso não esgota o sentido da obra-prima de Guimarães Rosa. É uma teoria abrangente que coloca em linha o Brasil e a América Latina segundo um critério dos mais agudos, a partir de grandes obras de arte. Mas *Grande sertão: veredas* é isso e mais do que isso, dispondo de várias camadas de significação, ao gosto do leitor: é história de bandidos e mocinhos, é romance de amor, é poesia pura, cintilação da linguagem, comentários de sabedoria de vida, relato de busca religiosa e algo mais. Tomado isoladamente, talvez seja o mais interessante livro da língua portuguesa.

Consideradas as coisas por esse ângulo, é possível evocar uma série de livros e autores da tradição brasileira que de alguma forma estão associados nesse mesmo movimento histórico, entre o mundo primitivo estável e o mundo moderno instável, entre o mundo pré-industrial e o mundo da indústria, entre o mundo do fio do bigode e o mundo da lei impessoal. Nos antecedentes, é lícito colocar *Macunaíma* (1928), narrativa que também lida com os limites entre o mundo racional de São Paulo e o mundo mítico interiorano. Depois, já em José Lins do Rego se encontram alguns traços de semelhança com esse encontro da razão moderna com o mito antigo, especialmente em *Fogo morto* (1943). E que dizer do breve mas precioso contista Murilo Rubião, com seu *O pirotécnico Zacarias* (1974)? Temos no Brasil ainda casos de grande valia como *O coronel e o lobisomem* (1964), de José Cândido de Carvalho, as narrativas de José J. Veiga como *A hora dos ruminantes* (1966), algo da obra de Mário Palmério e do dramaturgo Dias Gomes (a telenovela *Saramandaia*, levada ao ar em 1976, era povoada de seres com aspecto sobrenatural, colocados no meio de uma disputa perfeitamente real e terrena), assim como parte substantiva da obra de Ariano Suassuna.

Talvez o último ponto alto dessa linhagem, até agora, seja mesmo *O sargento Getúlio* (1971), de João Ubaldo Ribeiro. (Dois contemporâneos nossos podem ser alinhados aqui, com proveito crítico: Luiz Sérgio Metz e Wilson Bueno.) Em linguagem trabalhada na linha rosiana, misturando fala popular sertaneja com cuidada elaboração, o livro expõe com clareza insuportável o choque entre dois mundos: um, o do sargento, o mundo antigo, em que a honra da palavra empenhada valia mais do que qualquer outra coisa; outro, o mundo moderno, urbano, regulado pelas conveniências e circunstâncias, segundo uma racionalidade que o sargento nunca alcançará. João Ubaldo disse que aquela era uma história de *aretê*, a palavra que designa a virtude dos heróis épicos gregos; o detalhe trágico é que não havia mais lugar para aretê no mundo moderno. O sargento pagou com a morte essa passagem histórica.

10. A CONQUISTA DA LINGUAGEM – O COMEÇO

Ser um país nascido como colônia tem seus preços. Um deles, aparentemente banal, é o da língua. Qualquer metrópole, segundo qualquer lógica de dominação – do falecido Império Romano ao Norte-Americano de nossos dias –, impõe sua língua como o veículo das comunicações oficiais, como língua de cultura, por fim como língua de uso geral. Em alguns casos históricos, isso rendeu imensas novidades: o francês, o espanhol, o português, o catalão e o romeno, por exemplo, nasceram da pororoca cultural entre a língua latina, a do Império, e as línguas regionais de cada parte. Na Inglaterra, o inglês venceu o latim, mas ficou para sempre marcado por milhares de palavras nascidas na língua de Roma.

As colonizações modernas, quer dizer, aquelas nascidas nos séculos 15 e 16, encontraram um mundo diverso. Para começar, já havia a impressão com tipos móveis, a civilização de Gutenberg, de modo que numa data tão remota quanto 1551 já os espanhóis não apenas tomavam posse da região do atual Peru, como também inauguravam ali, em plena selva, uma universidade, com uma biblioteca que teria sido impensável nos antigos imperialismos. No mesmo ano outra Universidade era fundada na cidade do México, que já contava com uma prensa desde 1535. Os desbravadores da terra norte-americana tiveram sua primeira impressão autônoma em 1638.

No Brasil houve uma tentativa privada, na figura de Antônio Isidoro da Fonseca, que no remoto ano de 1747 instalou sua impressora na cidade do Rio de

Janeiro, numa iniciativa perigosa, porque era feita mais ou menos às escondidas, com algum apoio local mas desaprovação total da metrópole portuguesa. Tanto assim que durou apenas alguns meses a aventura, sendo logo proibida por Portugal. Sem contar algumas outras tentativas frustradas, apenas em 1808 o Brasil terá em seu território uma impressão, a Imprensa Régia, patrocinada pela Corte portuguesa, que já se encontrava instalada no Rio de Janeiro.

Só por aí se tem uma ideia panorâmica das dificuldades da relação entre esse país nascido formalmente em 1822 e a língua escrita. Aqui o português não encontrou muita resistência? Não, é verdade; como também não encontrou uma cultura letrada, na maior parte dos lugares sequer encontrou cultura sedentária. Tudo isso considerado, significa que o colonizador português e a língua portuguesa entraram aqui com facilidades muito maiores do que as que se encontravam em outras partes (basta imaginar os imensos limites que a expansão cultural portuguesa encontrou na Índia, que naquela altura já contava com cultura letrada milenar).

De todo modo, é claro que ao longo do período colonial aqueles que escreviam, que eram muito poucos, orbitavam essencialmente em torno do mundo lusitano. O padre José de Anchieta expressa bem o problema no primeiro século da colonização: escreveu poesias e textos para representação teatral religiosa em português, espanhol, latim e tupi. O que chama a atenção não é a profusão das línguas, porque afinal se tratava de um erudito, mas a indefinição: no fundo, Anchieta não sabia quem era historicamente aquele que escrevia, nem para quem escrevia. Por isso mesmo, o tupi em sua obra tinha finalidade de doutrinação, para um público por assim dizer passivo. As línguas africanas, vindas na alma e no pensamento dos negros escravos, nem se expressavam por escrito, nem receberam a atenção doutrinadora – escravo, para quase todos os católicos do tempo, não tinha alma, e se tinha ainda não merecia conhecer o caminho da salvação.

Um sujeito inquieto como Gregório de Matos, o poeta baiano, se concebia como um português vivendo numa colônia, não como um brasileiro, pelo mero fato de que em seu período de vida não havia nem no horizonte mais delirante a hipótese de fazer aqui um país independente. No século 18 a coisa muda, como sabemos. O desenvolvimento das cidades mineiras e do porto do Rio de Janeiro, função direta da extração do ouro, altera a condição subordinada, e já há quem cogite independência. (Também nesse século, com a derrota das Missões jesuíticas em território brasileiro, acaba a possibilidade de vida escrita das línguas de índio. Ao contrário do que ocorreu no Paraguai, onde os jesuítas tanto preservaram que o guarani vive ainda hoje, como língua afetiva da maioria da população.)

Mas era pouca gente, e a ideia de independência não envolvia a mudança de língua. (Para contrastar, pense nos casos recentes de independência nas antigas colônias europeias no continente africano. Em muitos casos, os neoindependentes precisam decidir em que língua vai-se expressar oficialmente o país, se na língua do colonizador, com vantagens para a comunicação internacional, ou numa das línguas locais, com vantagens culturais e respeito às raízes.) Para dar uma ideia da quantidade de gente envolvida no processo, há um cálculo interessante. Se toda a colônia brasileira, na altura de 1750, auge da economia do ouro, tivesse 2,5 milhões de habitantes, o que já é um cálculo otimista, haveria, na melhor das hipóteses, umas 2 mil pessoas capazes de ler e escrever. Era pouquíssima gente habilitada nas letras, toda ela certamente educada na norma lusitana.

O problema da autonomia linguística se coloca claramente apenas depois da Independência, o que corresponde, nos termos da história literária, ao Romantismo. Aí se juntam, na mesma equação, as necessidades políticas, as econômicas e as culturais, todas elas segundo a mesma pauta: conquistar a autonomia, inventar o novo país, a nova cultura. Isso tudo considerado a partir das cidades maiores, todas situadas no litoral brasileiro, todas portanto forjadas culturalmente a partir do mundo português e sob influência mental de Paris, mais do que de qualquer outra metrópole europeia. É nesse mundo – e não no interior, no sertão, no planalto paulista, na Amazônia, no Pantanal, nem no Sul profundo, de que falaremos depois – que se cria o primeiro debate sobre a necessidade de abrasileirar a língua. Protagonista maior: José de Alencar, cearense, de família influente, político e escritor que fez carreira no Rio de Janeiro, a capital. Ele se defronta com o problema da língua em duas direções: uma, ao escrever seus romances indianistas, repletos de palavras indígenas não assimiladas ao português; outra, ao redigir seus romances de tema regional, querendo recobrir o país (Nordeste, interior do Rio, São Paulo e Rio Grande do Sul) com sua ficção, defrontado então com um vocabulário peculiar a cada região. Que língua era essa, então? Qual a língua desse país novo: a mesma do antigo Império?

Alencar não teve dúvidas. Postulou diretamente, em analogia com a nação brasileira, a língua brasileira, que deveria acolher as coisas singulares do novo país e com isso contrastar a dominância mental da antiga metrópole sobre nós. Mas, mesmo com toda essa disposição, em sua obra se nota uma eloquente ausência: praticamente nunca Alencar encara o enorme abismo existente entre os brancos proprietários e as classes inferiores. E aqui estava o problema maior, do ângulo social: imensas massas humanas, fossem os escravos ou os brancos pobres (de índios nem vamos falar, que a essa altura já tinham morrido chacinados ou estavam enfiados nos confins da Amazônia), falavam quase outra língua, certamente um dialeto social, com variações regionais acentuadas. É o tema da língua popular, ainda hoje um espinho no pé de quem lida com a literatura e presta atenção na sociedade real.

Pouca gente se aventurou a mexer nesse vespeiro. O primeiro em importância talvez tenha sido, e muito de leve, um talento falecido precocemente, Manuel Antônio de Almeida, que só teve tempo de publicar as *Memórias de um sargento de milícias*, crônica da vida suburbana carioca contada sem moralismo. Um contemporâneo seu, Martins Pena, que escreve peças de sucesso, põe em cena caipiras e pobres, mas eles falam português letrado como se tivessem estudado a vida inteira. Outro escritor do tempo, Bernardo Guimarães, chegou a esboçar o problema, em seu clássico *A escrava Isaura* (1875): em algumas cenas, quando a branca (!) escrava Isaura está na senzala, o escritor apontou a existência de desnível entre o português culto da casa-grande e o português brasileiro da vida real. O que fez? Fez os escravos misturarem em sua fala o tu e o você, por exemplo, como um sinal de que não dominavam o código culto. Vida real pura, que ainda hoje nosso conservadorismo mental não acolhe.

Enquanto isso, se desenvolvia a língua portuguesa nas demais regiões. Um caso notável e até hoje não muito bem equacionado é o da *língua geral,* denominação imprecisa para um português misturado com línguas indígenas, falado popularmente pelas gentes do interior (quer dizer, gentes que viviam longe do litoral). Em São Paulo, sabe-se que até o começo do século 19 a língua geral era usada francamente. A designação nasceu com o trabalho de Anchieta e dos outros padres que redigiram textos e gramáticas em língua compreensível para os índios. *Geral* se explica por causa da abrangência: era mesmo a mais falada. Sobre o bandeirante Domingos Jorge Velho, que derrotou o quilombo de Palmares e abriu caminho pelo sertão afora, disse um padre que não falava o português mas apenas essa língua popular, a ponto de o padre ter precisado do auxílio de um intérprete.

Não houve literatura escrita nessa língua geral, como não tinha havido nas línguas indígenas. (Uma especulação interessante diz respeito ao que teria podido acontecer com a cultura brasileira caso tivesse havido registro letrado desse mundo, hoje irremediavelmente perdido. Há mesmo algumas tentativas de dar escritura a essas línguas e linguagens ágrafas na literatura contemporânea.) Mas ficou, na fala de muitas regiões ou na forma de vocabulário, algum traço desse passado. Palavras indígenas entraram na literatura já no século 18, na nomeação da paisagem local; quanto à fala, é certo que o "r" caipira deriva diretamente do modo de os falantes da língua geral pronunciarem esse fonema. Na região norte, consta que se desenvolveu um dialeto derivado dessa língua geral, enquanto ao sul, por causa da realidade fronteiriça, o português ia se tingindo de espanholismos. E tudo isso acontecendo antes de o Brasil ter grande literatura.

11. A CONQUISTA DA LINGUAGEM – MACHADO E DEPOIS

O primeiro grande nome da literatura brasileira é, incontestavelmente, Machado de Assis. Mesmo que se possa dizer que antes já havia boas obras (os sonetos de Cláudio Manoel da Costa, por exemplo) e mesmo algum gênio (o padre Vieira é um caso notório), o certo é que com ele e nele o Brasil se torna maior de idade em matéria de arte literária e de representação artística em forma de letra. É de perguntar, então, de que modo Machado equacionou o problema da língua, problema que, como visto, não era nada simples.

Machado não nasceu pronto, não foi gênio precoce. Lendo sua obra inicial, é fácil verificar as dificuldades que enfrenta, inclusive em matéria retórica. Já tinha mais de trinta anos e muitas centenas de páginas escritas quando, em famoso artigo seu de 1873, concebido com a finalidade de dar notícia panorâmica sobre a literatura brasileira para leitores de fora do Brasil (o famoso "Instinto de nacionalidade"), ele expõe concepção abrangente, mas demonstra andar numa corda bamba, ainda. Admite que as línguas mudam com o tempo, e portanto é a favor das novidades de vocabulário, mas ao mesmo tempo diz que nenhum escritor é obrigado a dar curso a qualquer novidade inventada pelo povo. Para ele – e para qualquer escritor com tino e discernimento –, a literatura mesma tem influência sobre o andamento da língua, e esse motivo é suficiente para mostrar as responsabilidades de quem maneja o idioma por escrito. Ele é exemplar disso: examinando-se sua obra, em qualquer época, se percebe uma característica dominante quanto ao registro da língua – Machado maneja soberbamente a tradição do português culto, sem receios, mas evita regularmente o decalque direto, a transcrição da fala das pessoas simples. Pode ver: em sua obra, raras são as vezes em que aparece gente do povo, e mais raras ainda as vezes em que algum popular tem a palavra. Assim, no tocante à língua, pode-se dizer que Machado foi criativo, como sempre, mas à custa de evitar o terrível problema de escrever a língua falada.

Em sua época de auge, entre 1880 e sua morte, muitos escritores resolveram meter-se no problema ao enfocar a vida de gente dos últimos degraus da escala social. Foi o caso de quase todos os naturalistas, a começar de Aluísio Azevedo, autor de *O cortiço*, livro que se ocupa centralmente de gente pobre da cidade do Rio de Janeiro mas que mantém a língua no nível culto, como se mesmo a gente simples falasse no registro socialmente mais alto. Diferentemente de Azevedo, que teve medo de mexer na língua escrita, outro foi o caso de um escritor menor, mas muito interessante para o nosso caso, Júlio Ribeiro, autor de um famoso romance, *A carne* (1888). Ribeiro tem um personagem negro e escravo, Joaquim Cambinda, que fala coisas como "Féssa póta" – e o autor tem, então, o cuidado de botar uma nota de pé de página explicando que se trata da frase "Fecha a porta".

Só que, mesmo assim, se configura um abismo. O narrador, a voz que conta as histórias, bem como os personagens brancos e proprietários, se mantém no nível mais sofisticado, falando aquele português gramatical que na verdade ninguém fala, enquanto alguns personagens populares, os negros e os caipiras, são marcados pela fala "errada", que imita a pronúncia efetiva. Assim, na versão de Ribeiro um negro falava "Ussê pensô bê nu quê ussê vai fazê, lapássi?" (está lá, no capítulo X do livro), mas um branco nunca teria uma fala sua transcrita como "Eu vô fazê compania pa mia vó", por exemplo – embora essa seja uma transcrição bastante fiel da fala desse branco. Qual o mistério? Como explicar essa distinção?

Não há mistério. A tese subjacente a esse procedimento é que os negros e os pobres "falavam errado", eles e ninguém mais. (Um país que não providencia o mínimo civilizado para seus pobres, como escola e saúde, queria o quê?) Daí que a nossa literatura toda padeça de um mal complexo e só recentemente compreendido (mas até hoje presente): a convicção íntima de que, no fundo, só os brancos e letrados é que figuram como reais protagonistas da língua portuguesa no Brasil. Deriva daí que, quando um pobre e/ou iletrado e/ou interiorano (aqui retorna a carga de preconceito que já comentamos em torno do "regionalismo") aparece por escrito, ele vem marcado com a pecha negativa da fala "errada", ficando os brancos e/ou letrados e/ou urbanos com o privilégio de falarem, por escrito, uma língua limpa da sujeira da vida real.

Aliás, quando o tema do regionalismo ganha força no Rio de Janeiro – num movimento cultural que ainda está por ser devidamente explicado, porque alcançou tanto a literatura quanto a nascente música popular, em que mesmo os sujeitos urbanos mais típicos, como Noel Rosa, formavam grupos "regionais" para fazer sucesso, cantando imitação de canto popular nordestino e falando de saudades da cabocla, ou "sodades da cabôcra" –, a coisa se explicita de maneira clara. De um lado está gente como o maranhense Coelho Neto, que quando tematiza o mundo rural faz o mesmo que Júlio Ribeiro, mantendo um narrador culto em terceira pessoa, que se expressa em português de elite, e reservando aos personagens rurais e/ou pobres uma linguagem estropiada, numa disparidade que só acentua a fragilidade literária da estratégia; de outro lado está um caso raríssimo como o do gaúcho Simões Lopes Neto, que descobre, como vimos antes, um novo caminho: forja um narrador em primeira pessoa, que contará suas experiências de viva voz e, com isso, diminui o abismo de linguagem, símile do abismo social, e abre caminho para uma representação mais arejada da língua brasileira, em que os homens do povo deixam de ser vistos como exóticos ou como parte da paisagem natural para ganhar vida como seres humanos, com todo o direito de amar, odiar, viver.

Na mesma época, início do século 20, outros escritores passam por idêntico problema e encaminham soluções a sua maneira. Um caso notável é o de Euclides da Cunha, que adiante comentaremos quanto ao conteúdo, mas que merece aqui o registro sobre a forma: *Os sertões* (1902) resulta de um esforço heroico de entender uma região econômica e socialmente atrasada, o arraial de Canudos, no interior da Bahia, com um instrumental ideológico, científico e linguístico inventado para falar de realidades bem outras, especialmente as urbanas e desenvolvidas. O resultado é aquela pororoca cultural: o vocabulário é parnasiano, a frase é ultraconservadora e o coração que pulsa debaixo daquelas linhas é revolucionário. Parte da grandeza de seu magnífico ensaio vem da tensão entre esses elementos, com toda a certeza. Outro caso é o de Lima Barreto, cuja obra é ao mesmo tempo comovente e desagradável de ler: o ângulo de observação é o da classe baixa não marginalizada, que acredita que o Brasil precisa ser reformado para ser um país decente – e desse tema é exemplar seu *Triste fim de Policarpo Quaresma* (1915) –, mas a linguagem hesita entre o padrão culto, que o autor rejeitava por ideologia, e o padrão popular e urbano, que ainda não tinha sido escrito a contento e portanto não proporcionava segurança narrativa.

Nem precisamos falar do quanto os modernistas brigaram em torno do tema. Para eles, a questão da língua era a pedra de toque da identidade nacional brasileira, de tal maneira que ou a literatura encontrava um caminho autônomo para o Brasil, ou a cultura nacional permaneceria uma mera cópia do estrangeiro. Mário de Andrade foi talvez o principal ideólogo do tema. Tanto em sua ficção quanto em seus ensaios e cartas, lutou bravamente pela adoção do português brasileiro, na alma e até mesmo no vocabulário – ele escrevia "milhor" e "si", em lugar de "melhor" e "se", por exemplo. Já Oswald de Andrade, talvez por seu temperamento mais escrachado, atacou mais diretamente os conservadores, além de praticar seu brasileirês (quem não lembra o célebre poema "Gramaticais", que fala da necessidade de dizer "Me dá um cigarro", rechaçando o "Dá-me um cigarro"?). Uma de suas frases lapidares chama os requintados e linguisticamente conservadores Bilac e Coelho Neto de "duas remotas alimárias" (isto é, duas antigas bestas).

Quem veio depois dos anos 1920, assim, teve a vantagem de subir ao ringue com a briga pela linguagem arejada já estabelecida, ainda que não totalmente vencida. A gloriosa geração de poetas nascida literariamente nos anos 1930 (Drummond, Cecília, Vinicius, Quintana) é exemplar disso, bem como a notável geração de romancistas do mesmo período (Graciliano, Lins do Rego, Jorge Amado, Erico Verissimo, Dyonélio, Cyro dos Anjos). Essa gente toda praticou um português mais próximo da realidade da vida brasileira, e em alto nível de estilização. Ninguém saiu copiando na escrita a fala, diretamente, mas todos se ocuparam de aproximar as coisas, ao mesmo tempo em que tentaram dizer de modo mais claro a realidade das regiões e cidades do país, para além do Rio de Janeiro. Mas o problema, de alguma forma, persistia.

Onde o problema da conquista de uma linguagem representativa da experiência nacional mais se pronunciava era no teatro, claro. Quem escrevia para o palco lidava com o tema de modo mais agudo, porque tinha que escrever fluentemente, comunicativamente, mas em português culto, língua que era aceita socialmente mas que ninguém falava na vida real. (Na canção o problema acontecia de modo diferente: apenas uma pequena parte dos compositores escrevia versos em linguagem pernóstica, porque a maioria esmagadora compunha em brasileirês cotidiano mesmo – o problema é que a canção *não* era tomada como elemento da cultura letrada antes da Bossa Nova, que nasceu em 1958.) Daí que os personagens, encarnados em atores de verdade, ficavam com ar caricato mesmo em textos que procuravam debater temas cotidianos e atuais. A situação só é revertida, de fato, com a entrada em cena de outro gênio da literatura brasileira, Nelson Rodrigues (1912-1980). Na crônica e no teatro, ele precisou se haver com a questão, e resolveu topar o desafio: fazer o teatro brasileiro "abandonar o sotaque lisboeta" ainda vigente em favor de uma fala menos presa e mais efetiva, e levar para a crônica "a linguagem suada das ruas" (as duas imagens entre aspas são dele mesmo).

Nelson sabia do que falava. Sua originalidade no trato com a língua o fez mudar bastante o padrão da fala no teatro brasileiro; na crônica, basta dizer que foi o inventor de expressões hoje incorporadas ao repertório culto, como "óbvio ululante". E ele tinha consciência da tarefa. Tanto que escreveu, em texto de 1968: "O inglês, ou o francês, encontra a língua pronta e repito: – um idioma que pensa por ele. Uma lavadeira parisiense é uma estilista, um cocheiro fala como um grã-fino de Racine. Ao passo que nós [os escritores brasileiros] temos de criar, dia após dia, a nossa língua e pensar em péssimo estilo." Bingo: a língua também faz a literatura, e não apenas o contrário.

A época em que Nelson escreveu isso não é casual. Foi nos anos 1960 que o tema da língua alcançou o centro do debate literário e, mais amplamente, cultural. A Bossa Nova tinha reposto em circulação a cultura popular, mas agora filtrada pela exigente linguagem da música moderna urbana, abrindo as portas para a reflexão sobre o quanto se deve mexer no patrimônio instintivo e espontâneo de um povo para produzir arte e com isso tornando o extraordinário patrimônio da canção brasileira um elemento vivo no plano da cultura letrada, ineditamente. Ao lado da canção popular e em grande parte junto com ela, o universo dos modernos meios de comunicação de massa estava fervendo: os jornais, especialmente os de oposição (como o justamente célebre *O Pasquim*, nascido em 1969), debatiam as enormes mudanças do país e do Ocidente (por aqui a ditadura militar, em toda parte do Ocidente o rock'n'roll e a pílula anticoncepcional, entre outros temas), o rádio mudando sua orientação e incorporando as novidades e a televisão se impunha como o meio mais poderoso de fazer e divulgar cultura. Nunca mais a língua portuguesa foi a mesma no Brasil. Ainda bem.

Por isso, dos redemocratizados anos 1980 para cá as coisas ficaram mais tranquilas no item uso da linguagem. Abertas as comportas da rigidez antiga, desde quando os parnasianos tomaram a surra modernista, a partir dos anos 1920, a literatura libertou-se para acompanhar ou em alguns casos liderar as mudanças. E olha que não foi pouca coisa. Dos anos 1950, quando o Brasil ainda tinha a maioria da população morando no interior e no campo, passamos, nos 1980, para a situação atual, em que mais de 70% dos brasileiros vivemos em cidades médias e grandes, falando a língua que dá para falar – e a televisão, os jornais, as rádios e a literatura acompanham essa virada histórica, que é o caldo de cultura para a arte. Que ainda agora está aprendendo a falar brasileiro, incorporando vozes antes inaudíveis, que se expressam no rap e nos programas populares, lidando com as limitações dessa linguagem popular e ainda não entendendo bem como é que se faz para pensar articuladamente na língua que estamos ainda forjando – num processo que Caetano Veloso comentou, ironicamente, em uma canção chamada "Língua", que diz: "Se você tem uma ideia incrível, é melhor fazer uma canção: está provado que só é possível filosofar em alemão". É uma piada e não é: o Brasil ainda está nas primeiras tentativas de conquistar o direito de voz, nos marcos da cultura letrada ocidental.

12. A BUSCA DA IDENTIDADE NACIONAL

A descoberta de uma língua em que seja possível expressar-se está no miolo de um problema mais amplo, de um tormento igualmente típico de país jovem e colonizado: a busca por traços que singularizem a vida desse país, que destaquem sua existência contra o fundo genérico de outras nações, muito especialmente que contrastem o novo do jovem país em relação ao velho país, a antiga metrópole. Isso ocorreu em toda parte, aqui na América (mas não necessariamente em toda parte onde houve colonização). O Brasil não seria exceção.

Acresce que nosso país, além de novo, é grande pra burro. Considere o contraste: imagine um país do tamanho do Equador, do Uruguai, do Haiti. Pouca extensão territorial, pouca gente, história provavelmente compartilhada por quase todos, economia única: uma barbada, do ponto de vista da constituição de uma identidade. (Para não deixar passar batido, vale dizer que esses três países são muito distintos entre si: no Equador a população nativa anterior à chegada dos europeus define ainda hoje a maioria da gente; no Uruguai, pelo contrário, o povo é majoritariamente oriundo do europeu colonizador, em contato com os nativos; e o Haiti é um país de maioria constituída por população afrodescendente, quer dizer, por gente que nasceu dos escravos negros.)

Agora o Brasil: imensas terras, virgens ainda hoje; gente em proporção considerável, contando com imigração e etnias várias, a começar pelos índios locais, dos diferentes grupos negros, mais os europeus também distintos entre si, variada imigração recente; por isso mesmo, história multifacetada, dependendo de cada origem peculiar; economia complexa e com grande capacidade de modernização. E uma riqueza natural de que poucos outros países dispõem. Como forjar uma identidade visível, sólida, unívoca, compartilhada, inquestionável? Só com muito esforço mesmo, ou com muita simplificação (e com muito sufocamento de identidades parciais, muitas vezes caladas ou mesmo extintas em favor da identidade hegemônica, protagonizada pelo centro de poder). Foi o que fizeram vários artistas e pensadores brasileiros, em pelo menos três momentos distintos entre si e muito próximos no anseio de entender esse mistério chamado Brasil.

Para começar, o Romantismo; depois, o Modernismo; e enfim o Tropicalismo, os três representando etapas diversas de nossa história – a formação do Império centrado no Rio de Janeiro, na economia escravista do café, entre 1830 e 1870, o mundo do Romantismo; depois, a São Paulo moderna dos anos 1920 (no começo da era do rádio), centro dinâmico da economia capitalista do café, berço do Modernismo; finalmente, o mundo do pós-Segunda Guerra, o mundo da televisão e da indústria automobilística, matrizes do Tropicalismo. Dada a condição periférica do país, são três momentos da história de nossa inserção no mundo e de nossa capacidade de pôr em diálogo os elementos internos com os externos. Claro que esses três momentos não esgotam o tema da definição da identidade nacional – basta pensar no caso de Lima Barreto, que em plena Belle Époque carioca, recém-fundada a Academia Brasileira de Letras, que seria na visão de alguns a marca de nosso total cosmopolitismo (mas de subserviência mental, na opinião de outros), põe em cena um maluco como Policarpo Quaresma, funcionário público fervorosamente nacionalista, a ponto de querer instaurar o tupi como língua nacional, num romance que discute exasperadamente as possibilidades de haver um país digno para a gente crédula e de boa vontade. (Policarpo, por sinal, parece um antecessor amargamente irônico de outros nacionalistas, que se põem a cantar hinos às grandezas brasileiras em atitude beócia, que ganhou o significativo nome de ufanismo, neologismo derivado do título de um livro quase inacreditavelmente tolo, *Por que me ufano de meu país* [1900], de Afonso Celso.)

Para os românticos, o tema nacional era, por dizer assim, o ar que respiravam. Estava recém-feita a Independência, o país precisava saber o que o definia, e tudo parecia estar à disposição: o passado indígena visto como glorioso em sua pureza, as paisagens consideradas inexcedíveis, o futuro pensado como radiante. Gonçalves Dias, que afirmou que nossos céus têm mais estrelas e nossas matas mais flores, e Alencar, que inventou aquele Peri herói cristianizado e aquela Iracema que funde seu destino com o do colonizador, são talvez os principais representantes dessa tendência. A busca pela originalidade, comanda geral para os romantismos de toda parte, no Brasil chegou a estes dois resultados, índio e natureza. Podia não ser muito, mas era singular e contrastava com o que Portugal, a antiga metrópole, oferecia.

Há um dado interessante no mundo semântico desse tempo. Segundo um conceituado historiador da literatura inglesa, Ian Watt, a palavra "original", existente no inglês como no português, sofreu uma significativa inversão de significado precisamente no Romantismo, em função da busca pelo original. Até então, "original" queria dizer "o que existe desde a origem"; a partir de então, passou a significar "criativo, não imitativo, independente". E o Romantismo, que queria encontrar origens para o país, teve que forjar e mesmo inventar símbolos originais – mas já no segundo sentido.

Passa-se o tempo brasileiro, e os últimos anos do século 19 vão reverter a tendência nacionalista. Chega-se mesmo a rejeitar os símbolos brasileiros como o índio (fantasias de índio, em determinado momento, chegaram a ser proibidas no carnaval da capital de então, o Rio de Janeiro, na mesma medida em que eram incentivadas as fantasias de arlequim, pierrô e colombina, europeias e, por isso mesmo, mais elegantes, na opinião da Belle Époque carioca). Vem o Parnasianismo, vem a Academia de Letras, tudo a dizer que éramos um país "civilizado", quer dizer, parecido com a Europa chique. Não admira, assim, que os modernistas tenham chutado tanto as canelas da literatura produzida segundo aquela lógica afrancesada, que um letrado da época chamou de "sorriso da sociedade". Essa literatura sorria, enquanto massas pobres cruzavam a cidade em busca de comida.

São Paulo, a progressista cidade interiorana dos anos 1920, é que vai patrocinar esse combate e dar fôlego a ele. As perguntas de Mário, Oswald e demais companheiros de rota se dirigiam aos mesmos pontos atacados nos anos de 1930 e 1940: afinal, que país era aquele, capaz de tanto paradoxo? Estaria mais para I-Juca Pirama, o índio do poema de Gonçalves Dias que parecia um nobre medieval europeu, ou mais para o oposto disso, para a patifaria, a malandragem, o jeitinho e a dissolução? Mário responde com seu *Macunaíma*, tentativa de síntese meio alucinatória: um índio que nasce negro em plena Amazônia parte para São Paulo para reaver um amuleto mágico, a muiraquitã, perfazendo uma trajetória toda singular, em que ele tenta se arranjar como um miserável qualquer mas dispõe de um lar originário a que pode retornar. Parece um sonho de identidade, e resulta ser um pesadelo. Sem caráter.

Nos anos 1930 e 1940, com a dominância narrativa do romance realista de tema distribuído regionalmente, a pergunta não era mais genérica, do tipo modernista "O que é o Brasil?". A obra de Graciliano e seus pares responde a outras indagações: como é que o homem do campo sobrevive? Como foi que as elites regionais se configuraram? Como vive o povo das regiões? Da mesma forma a poesia da geração, ocupada muito mais com as indagações da natureza humana daquela época – Drummond exemplarmente, arguindo-se a respeito das responsabilidades de cada um na marcha do mundo, sem deixar de perguntar-se concretamente sobre o que restou em si mesmo do descendente de latifundiários que ele era, de família, encontrando resposta na fórmula autoirônica do "fazendeiro do ar".

Nos anos 1960, o tema retorna, mas em bom outro tom. A Bossa Nova, sacudindo o debate sobre o que era nacional e popular, abre caminho para uma série de novas questões acerca dos limites e do alcance dos elementos definidores da brasilidade. A segunda geração de bossa-novistas, estrelada por Chico Buarque e Edu Lobo, resolveu tomar nas mãos os ritmos populares da tradição brasileira. Ninguém mais tinha feito modinhas, mas Chico fez; nenhum compositor de classe média tinha feito um ponteio, e Edu fez. Por outro trilho caminhava a juventude roqueira, liderada por Roberto e Erasmo Carlos. O caso deles era de adesão à moda internacional, que punha em primeiro lugar nesse momento a condição jovem por sobre as determinações de classe, de religião e de nacionalidade.

Aí entra em cena a turma de Caetano, Gil, Tom Zé e outros, ao lado do cineasta Glauber Rocha e de artistas plásticos como Hélio Oiticica, todos fazendo fluir uma grande novidade, ainda hoje marcada por um enorme sentido de renovação e ousadia. Genericamente podemos chamar a todos eles de tropicalistas, artistas que dispensaram os cuidados antiestrangeiros dos artistas nacional-populares e os pudores antiletrados dos roqueiros, misturaram tudo no mesmo caldeirão e serviram agressivamente em canções, exposições e performances inesquecíveis. A ideia era constrastar vivamente o passado e o presente, o arcaico e o moderno, o nacional e o estrangeiro, tudo mantido junto em tensão irresolvida. Ser brasileiro não implicava rejeitar a guitarra elétrica (como a grande Elis Regina desejou, ao liderar a famosa passeata contra o hoje inocente instrumento), como não significava deixar de lado antigos sambas de roda. Tudo era matéria nacional, tudo era identidade, nesse país enorme, confuso, magnífico.

A coisa mudou bastante de lá para cá. A literatura de livro – falamos tanto de canções que quase íamos esquecendo a velha e boa forma chamada livro – também deixou de se preocupar em arguir a nacionalidade, passando a viver tanto de matéria local quanto de assunto internacional. Estamos longe da época de Machado de Assis, que recebeu críticas paradoxais em torno do tema nacional – alguns o consideravam muito localista, pela minúcia com que referia datas e nomes de ruas, ao passo que outros o achavam pouco brasileiro, pela ausência de elementos ostensivos como palmeiras, sabiás e... gente pobre. Em nossos tempos, o sujeito pode ser brasileiro e publicar fora daqui – em casos radicais pode até escrever em outra língua (como na canção fizeram Tom Jobim e o grupo de rock Sepultura, por exemplo) – e continuar a ter uma dicção profundamente verde-amarela. Nossos escritores, é de notar, pouco escrevem enredos que se passem fora do território brasileiro (muito menos que escritores argentinos, que se sentem mais integrados à tradição europeia do que nós, em média); mas é certo que não se sentem mais oprimidos pelas obrigações localistas, identitárias, restritivas.

Não será por acaso que em anos recentes apareçam dois romances como *Mongólia*, de Bernardo Carvalho, e *Budapeste*, de Chico Buarque, ambos localizando enredos nessas lonjuras. Isso não quer dizer que o país como tal tenha deixado de ser um tema possível, nem que os problemas nacionais tenham deixado de ser tormentos para o artista; muito mais que uma superação interna dos limites da obrigação nacional, o que ocorreu foi, claro, uma nova etapa da mundialização dos mercados, a tal globalização, que nos anos 1990, sob hegemonia norte-americana, chegou a todos os cantos do mundo pela internet, diminuindo o prestígio anterior dos temas identitários locais em favor de um horizonte que é mais aberto, mais coletivo e, na melhor hipótese, mais radicalmente compartilhado.

13. ENSAIO, TEATRO, POESIA

Ensaio, o quarto gênero literário

Claro que qualquer uma dessas áreas mereciam tratados inteiros, tanto por méritos genéricos quanto pelo belo patamar de realização que alcançaram em língua portuguesa no Brasil. Mas aqui vamos apenas repassar linhas de força panorâmicas, nem que seja para deixar um rastro para o leitor.

O caso do ensaio é dos mais notáveis. Gênero de difícil definição, que engloba autores de variada índole e capacidade, o ensaio tem entre nós uma extensa folha de serviços prestados à inteligência. (Para não ir longe em especulações teóricas, digamos que o ensaio é um texto não ficcional marcado pela ousadia analítica, escrito por alguém que maneja a língua em nível de excelência, na busca de examinar um tema qualquer, seja ele sublime ou trivial, num trabalho que quase sempre vem acompanhado de um autoexame do autor, num exercício de crítica e de autocrítica que dá alma a todo o trabalho.)

Machado de Assis talvez seja o primeiro ensaísta digno do nome entre nós, ainda que não tenha escrito largamente com essa intenção: foi cronista de jornal, além de poeta, dramaturgo e ficcionista, mas ao lado de tudo isso também compôs textos que devem ser considerados legítimos ensaios, como o famoso "Notícia da atual literatura brasileira", mais conhecido como "Instinto de nacionalidade", de 1873. Em seu tempo de vida, Machado pôde acompanhar dois casos notáveis de ensaísmo: o de João do Rio e o de Euclides da Cunha. O primeiro, nascido com o nome de João Paulo Barreto, praticou uma escrita totalmente original, dedicada a vários temas, mas nenhum deles muito aceito pelas elites bem-pensantes da época: comentou as religiões populares do Rio de Janeiro, entrevistou escritores, sempre acompanhando a velocidade da vida moderna do tempo. O segundo, Euclides, é o caso mais clássico de ensaio arrasa-quarteirão: quando lançou sua obra-mestra, *Os sertões*, em 1902, ninguém queria falar mais sobre aquele tema – a destruição da vila de Canudos, no sertão baiano, alguns anos antes, massacre perpetrado a pretexto de preservar a ordem republicana recém-instalada, e ao preço de chacinar uns miseráveis sem-terra que estavam conseguindo sobreviver, à sua maneira. Euclides foi lá e escarafunchou a chaga, numa linguagem que mistura pernosticismo e solidariedade, visão panorâmica europeizante e ponto de vista miúdo brasileiro – muito distante, portanto, do puro pernosticismo erudito e parnasiano de um Rui Barbosa, contemporâneo desse grupo, autor que por muitas gerações foi tido como exemplo máximo de texto, quando nunca passou de uma espécie de museu, uma coleção de vocábulos raros, destinados a embasbacar e não a descrever a vida real, costurados numa argumentação muitas vezes pedante. Caberiam ainda nessa geração mais talentos de temperamento ensaístico, como Sílvio Romero, Joaquim Nabuco e Manuel Bonfim.

Na geração modernista inicial, as duas figuras principais deixaram depoimentos em forma de ensaio, com alta relevância para o futuro. Tanto Mário de Andrade quanto Oswald tinham temperamento ensaístico, próprio dos sujeitos que se consideram possuidores de um descortínio inédito, com capacidade de iluminar a cena de um jeito novo. Para isso tiveram que inventar uma língua – nem João do Rio, mais cronístico, nem Euclides da Cunha, mais erudito, deixaram herança direta nesse sentido. Mário foi mais professoral e afetuoso, Oswald mais breve e agressivo, os dois repensando o país a partir da moderna condição paulista. (Oswald deixou também memórias, como dito em outra seção, e é de lembrar que a memória, a autobiografia, o diário pessoal são terrenos próprios do ensaio.) Na mesma geração, não se pode deixar de mencionar um antimodernista de gênio, Monteiro Lobato, ensaísta até quando ficcionista.

Mas nos anos 1930 é que o Brasil atinge mesmo a maioridade na matéria. Foi quando apareceu a primeira geração de gênios do ensaio, no (bom) sentido acadêmico do termo. À frente dos demais, Gilberto Freyre e Sérgio Buarque de Holanda. O primeiro, pernambucano de família antiga, publicou seu *Casa grande e senzala* em 1933; o segundo, de família também antiga no país, deu ao mundo seu *Raízes do Brasil* em 1936. Os dois são clássicos de nascença e precisam ser lidos por todos os alfabetizados do país – e o melhor é que *podem ser lidos por todos*, porque são escritos em linguagem fluente: o livro de Freyre, espécie de grande crônica histórica de tom afetivo sobre como se constituíram as relações sociais no Brasil escravista a partir da família patriarcal, a gente lê como se fosse um romance, sem travar em parte alguma; o segundo, de Sérgio Buarque, apresenta exigência um pouco superior, por dispor-se como um texto mais analítico do que narrativo, na busca de identificar os caminhos que a civilização brasileira tomou a partir da matriz portuguesa, personalista, rural, singela.

Aliás: falamos de "civilização brasileira", e é preciso dizer que tal noção está nascendo justamente com essa geração de ensaístas, que vai tentar entender o país e a nação em conjunto, no diálogo com os outros povos.

Para registro: há poucos anos, uma enquete com parte das melhores cabeças do Brasil apontou precisamente *Casa grande e senzala* e *Raízes do Brasil* como os dois melhores livros de não ficção publicados entre nós. São livros que abrem caminho para uma série, dos próprios autores e de outros, que chegam com contribuições notáveis: Caio Prado Júnior, Vianna Moog, Antonio Candido, Celso Furtado, Raymundo Faoro, Câmara Cascudo, Darcy Ribeiro, mais recentemente Roberto Schwarz, José Guilherme Merquior, Roberto da Matta, Alfredo Bosi, Sérgio Paulo Rouanet, entre tantos outros, muitos deles profissionais da universidade, da área de Humanidades e Artes, que alcançaram com suas ideias um lugar destacado no debate público, numa das provas da importância dos estudos superiores no país, que chegaram muito mais tarde do que em outras partes da América mas vêm produzindo frutos de grande valor.

Resta falar do outro lado do ensaio, aquele que se expressa na forma mais breve do jornal e da revista, que é como o conto em relação ao romance, mais breve e preciso, necessitando ganhar por nocaute a luta com o leitor, conforme a comparação feita por um grande narrador argentino, Julio Cortázar. Nesse terreno, o Brasil tem poucas vocações legitimamente ensaísticas, talvez pela boa razão de que a crônica, gênero entranhado na alma da língua e da cultura brasileira, absorve as vocações disponíveis com mais facilidade do que o ensaio, mais exigente e mais raro de obter. A rigor, talvez haja apenas dois casos de praticantes do ensaio ligeiro, ensaio na imprensa: Nelson Rodrigues e Paulo Francis. Jornalistas de boa cepa, sempre opinativos, tiveram a coragem de expor suas ideias enfrentando a opinião média de sua época, a partir da utilização altamente expressiva da língua e de uma sólida capacidade de pensar crítica e autocriticamente.

Ao mundo do ensaio, compreendido largamente como essa espécie de quarto estado da literatura – porque não é, em essência, nem épico, nem lírico, nem dramático –, pertencem também os outros ousados que sabem escrever essas formas singulares de literatura não ficcional como a memória, o aforisma, a carta, o sermão, etc. Essa conta inclui, então, o "Imperador da língua portuguesa" (como disse dele Fernando Pessoa), o padre Antônio Vieira, figura ainda hoje maiúscula no manejo do vernáculo, mas também os memorialistas Pedro Nava e Fernando Gabeira e os humoristas (no alto sentido da palavra) Ivan Lessa e Millôr Fernandes.

Teatro e teledramaturgia

Gênero que quase sempre merece uma história à parte, pela boa razão de que não é literatura em sentido estrito embora pertença ao grande Reino Literário, o teatro tem uma longa história no Brasil, ainda que seja uma história muito pequena em relação a outras formas de arte, ou na comparação com a tradição teatral de países europeus (e constitua igualmente, vamos reconhecer, uma tradição inferior à do romance e da poesia entre nós). Figuras de primeiro plano são poucas, e todas elas parecem vocacionadas ou para a caricatura, a crônica em forma de representação dramática, ou para a denúncia de tipo realista, destinada a mexer com a consciência do espectador e mudar a situação. Naturalmente há exceções a essas duas vertentes, que logo podemos apontar: o teatro catequético dos jesuítas, por exemplo, como um caso de teatro pedagógico. Ou a obra maiúscula de

Nelson Rodrigues, caso talvez único de teatro realmente exigente bem realizado em língua portuguesa.

A grande família dos comentadores de costumes vem de longe, do tempo em que o Brasil ainda começava a ser país independente (antes disso, era raro haver uma cidade com suficiente público interessado em uma arte tão sofisticada quanto o teatro – descontados os casos das peças religiosas, naturalmente). Martins Pena é o primeiro a merecer nota, com sua grande capacidade de fazer comédias ligeiras, com personagens desenhados a traço grosso e eficiente. José de Alencar e Machado de Assis andaram frequentando o gênero, mas o resultado é fraco (mais neste que naquele); de forma que, na sucessão do tempo, será o talento de Artur Azevedo o primeiro de relevo, com seu texto ágil e competente.

Na virada do século 19 para o 20, esse teatro com ar de crônica de costumes ganha, no Brasil, a companhia luxuosa dos compositores de canções, na criação nacional do teatro de revista, invenção europeia que por aqui teve uma imensa voga, com vários autores de bom nível (mas os cancionistas é que sobreviveram de fato). Assim continuou até os anos 1960, quando a televisão tomou o lugar do teatro cronístico. A teledramaturgia brasileira ganhou um sopro de vida quando abandonou os modelos mexicanos, de melodramas adocicados e lentos, e adotou algo próximo ao nosso teatro de costumes. O começo dessa história ocorreu em 1968 na novela *Beto Rockefeller*, de Bráulio Pedroso, legítima comédia de costumes adaptada ao novo veículo, e segue até hoje, com autores da linha de Sílvio de Abreu (e toda uma família de roteiristas para programas humorísticos na tevê, que inclui alguns gênios como Chico Anísio e Max Nunes).

A outra vertente, mais séria e dura no trato da realidade, produziu entre nós pontos altos apenas no século 20, particularmente a partir da obra de gente como Dias Gomes, dramaturgo que migrou do teatro para a televisão com sucesso, chegando a adaptar obra sua, como foi o caso do belo *Roque Santeiro*, passada em ambiente interiorano, que era seu forte, como é o de Ariano Suassuna, este sendo mais ligado à matriz cultural popular. Na véspera da Ditadura de 64 apresentou-se a mais talentosa geração de dramaturgos do país até hoje, quase todos dedicados ao drama de conteúdo histórico e ânimo de denúncia: Plínio Marcos, Oduvaldo Vianna Filho, Augusto Boal, Gianfrancesco Guarnieri, Paulo Pontes, entre outros, mudaram a cara do teatro brasileiro, modernizando-o na pauta da cidade moderna, sempre em tom crítico que era bastante próximo das posições dominantes da esquerda. Na televisão, pelo menos um grande talento despontou nessa vertente, mas sem o aspecto panfletário e engajado característico de certa época, e com grande sofisticação para fixar tipos humanos: Gilberto Braga, autor de *Dancin'days*, *Anos dourados* e vários outros títulos.

E há Nelson Rodrigues, caso à parte. Além de ter ensinado o teatro brasileiro a falar português do Brasil, com sua insuperada capacidade de representar por escrito não apenas o vocabulário e a sintaxe mas também o modo de pensar do brasileiro comum, ele mergulhou na senda da tragédia como nenhum outro dramaturgo brasileiro, antes ou depois. Soube captar e expor as dimensões conflitivas na vida da classe média, assim como teve a coragem de pensar em praça pública, sobre o palco, acerca dos desvarios humanos de sempre, aqueles mesmos que geraram os grandes trágicos de qualquer época, a contar dos gregos, como se viu desde *Vestido de noiva*, peça estreada em 1943. Nelson abriu a visitação aos pântanos íntimos de cada um, mediante personagens que são ao mesmo tempo muito brasileiros, encontráveis em cada esquina, e claramente universais, no sentido de representarem questões do ser humano em geral.

Poesia, entre a contenção e o derramamento

Sempre presente na configuração da literatura como um todo, viva e atuante a cada passo da formação da cultura do país, a poesia brasileira já rendeu um punhado de autores de primeiro nível – quer dizer, autores capazes de fixar o rosto da língua em seu tempo, e nesse rosto a vida local. Drummond e João Cabral estão entre os melhores poetas do século no Ocidente (se não são lidos como merecem, isso se deve apenas ao fato de terem vivido em português, essa língua que não manda em ninguém, circula pouco e dispõe de pouca espessura, comparada a outras aqui deste lado do mundo). Depois deles, em escala de importância, vários merecem destaque, Augusto dos Anjos, Manuel Bandeira, Vinicius, Cecília Meireles, Mario Quintana, Ferreira Gullar, Adélia Prado, os concretos Haroldo e Augusto de Campos, Manoel de Barros. Aqui mesmo, neste pequeno passeio, falamos já de vários autores, mas cabe apontar uma proposta de interpretação que alinhe elementos afins, para efeitos de melhor visão de conjunto. Claro que é apenas um raciocínio tentativo, e quando se trata da poesia é bom dizer isso, como quem pede desculpas, porque os gostos pessoais, as afinidades e as idiossincrasias pesam mais que nunca.

Poderia ser um raciocínio baseado num belo palpite de João Cabral de Melo Neto. Em entrevista, ele lembrou uma consideração de um tio-avô seu sobre a diferença entre as tarefas das duas juntas de bois dos antigos carros pernambucanos. Havia um par de bois de cambão, que puxavam o carro para diante, e outro de bois de coice, que o freavam nas descidas; não havia superioridade ou inferioridade, porque os dois tipos eram importantes. O poeta extraiu daqui uma equação para as gerações de escritores: há os de cambão, que puxam para a frente, e os de coice, que preferem parar; os primeiros ousam, os segundos travam. A comparação rende bem, estendida sobre a história da poesia brasileira: digamos que um Sousândrade puxa sempre para a frente (puxa tanto que se desgarrou de sua geração e do leitor culto até hoje), ao passo que um Bilac sempre trava ou puxa para trás (de tal forma que ainda hoje é ídolo dos leitores mais singelos, menos afeitos à ideia de renovação em poesia).

Mas vamos por outro caminho, igualmente panorâmico. Digamos que há, na tradição brasileira (como na poesia em geral, destes últimos 500 anos de vida no planeta), uma tendência contida e outra esparramada. A primeira prefere as formas breves e procura frear o jorro das palavras; a segunda transborda bastante, derramando o discurso para fora da folha de papel, afetuosamente, numa atitude que o leitor pode encarar ou como generosa, nos melhores casos, ou como invasiva, nos outros. (Há pouca novidade no raciocínio: pelo menos desde Edmund Wilson, um excelente crítico norte-americano já falecido, se fala em uma tradição *logos*, classicista, correspondente à contida, e outra tradição *pathos*, romântica, correspondente à esparramada.)

Mas vale a viagem. No século 18, um Cláudio Manoel da Costa contido contrasta com o esparramado Tomás Antônio Gonzaga, espécie de romântico antecipado. No século seguinte, um represado Junqueira Freire, poeta subestimado nas leituras escolares, se opõe a um espalhadíssimo Castro Alves. Parnasianos e simbolistas são contidos por definição, mas estes soltam pelo menos a franja da imaginação, enquanto aqueles a mantêm limitada aos domínios da rima rica do soneto. Entre os modernistas militantes, Oswald é muito mais econômico que o profuso Mário de Andrade. Os gênios escapam das divisões simples, de acordo, mas é quase irresistível comparar o número 1 do país, Carlos Drummond de Andrade, poeta dado a enumerações largas e versos que ultrapassam o fim da linha, com o número 2, João Cabral, poeta que enxuga as palavras de todo mínimo suor antes de ajeitá-las na página. Mais próximos de nós, Ferreira Gullar parece um pão ázimo ressecado perto da cozinha interiorana, cheirosa de vida, de Adélia Prado. Em sentido amplo, os mais contidos entre os contidos são os poetas concretos, que fizeram sua vida de esvaziar a fala gordurosa da língua brasileira de um Thiago de Mello, representando neste raciocínio toda uma geração de influenciados pelo derramado e engajado Neruda, língua que rendeu, de outro lado, uma poesia raríssima como a de Jorge de Lima, um dos poucos poetas centralmente imagéticos entre nós, que somos mais acostumados a poetas melodiosos e a poetas argumentativos.

Vista mais de cima ainda, a poesia brasileira demonstra vitalidade e boa saúde. Sem falar nos poetas de obra já consolidada da geração nascida nos anos 1930 e 1940 (Carlos Nejar, Ivan Junqueira, Sebastião Uchoa Leite, Armando Freitas Filho, Bruno Tolentino, Roberto Piva, Affonso Romano de Sant'Anna), muito mais gente veio vindo e mostrando credencial, na geração rock'n'roll de Waly Salomão, Cacaso, Paulo Leminski, Ana Cristina César, Francisco Alvim e outros que, namorando com a canção (caso notável de Arnaldo Antunes, Antônio Cícero e Paulo Neves), mantêm ainda residência fixa no mundo da poesia de livro. E isso que não falamos de nenhum nascido depois de 1960! (Não inclusão que pode ser defendida de modo simples e eficaz: poeta mesmo, salvo gênio que brota espontâneo, só aparece de fato é na permanência, na duração de sua obra, na capacidade de continuar falando para as novas gerações de leitores.)

14. MALUCOS, IRÔNICOS, HUMORISTAS: OS SINGULARES

Todo mundo cultiva suas esquisitices, feito deixar crescer a unha do mindinho ou botar *ketchup* na batata frita. A cultura brasileira também. Ela tem providenciado pelo menos um maluco-beleza a cada geração. Gente que sabe escrever, quer se expressar através das palavras e gosta de, está condenada a ou prefere incomodar o leitor, sacudir seus ombros, impor sua presença aos berros, na base da extravagância – por sua singularidade, para dizer de modo rápido.

Minha lista de singulares abre com Gregório de Matos (1633-1696), maldito por vários títulos, poeta que nunca se contentou em dizer calmamente as coisas. Bem, a estética barroca já não é nada mansa, preferindo a comoção à contemplação. Mas Gregório abusou. Sua obra está cercada de controvérsias, a começar pela própria certeza acerca da autoria: como nunca publicou em vida um livro sequer (era o período colonial brasileiro, e o poeta era um destampado), tudo o que se sabe de sua obra é por via indireta, por compilações ou registros de outros. Mas vale a pena. Nem falemos de Vieira (1608-1697) e sua quase delirante *História do futuro*, livro especulativo que procura deduzir os caminhos dos tempos que virão a partir de material bíblico e dos palpites de Bandarra, o trovista português. Vamos logo ao século 18, quando o comportado poeta Tomás Antônio Gonzaga (1744-1810?), cantor que na pele de Dirceu tornou excelsas as virtudes de sua Maria Joaquina/Marília, compôs as *Cartas chilenas*, sátira em verso escrita como denúncia das patifarias do governador Luís da Cunha Menezes. Mesma época em que o bom poeta erótico Silva Alvarenga (1749-1814) escreveu o poema herói-cômico *O desertor*, sátira de costumes do mundo lusitano que tem algum parentesco com o quase trágico *O Uraguai*, de Basílio da Gama (1741-1795), no sentido de serem ambos textos de análise do presente, espécie de vocação jornalística que não tinha como se expressar em língua portuguesa, muito menos no Brasil de então, que nem imprensa podia ter, em virtude de férrea proibição portuguesa.

O século 19 é cheio de tipos raros, e por motivos bem diversos. Pode-se começar com o comovente caso de Luís Gama (1830-1882), poeta que publicou suas *Trovas burlescas* em plena militância abolicionista. O detalhe medonho é que o escritor, sendo filho de branco com negra, e portanto com direito à liberdade desde o berço, foi vendido pelo pai, talvez em dívida de jogo, e só conseguiu recuperar o direito de mandar em si mesmo anos depois. Meu predileto é Qorpo-Santo (1829-1883), que nasceu José Joaquim de Campos Leão, era um cidadão respeitável até certa altura da vida mas pirou: tomado de certeza mística em certo momento, passou a assinar com aquela alcunha angelical, e ainda por cima escrita de modo que ele considerava mais adequado (não "corpo" mas "qorpo") para demonstrar que não mais teria vida carnal (o que parece não ter se confirmado). Professor e jornalista, é processado por sua própria esposa, é submetido a inúmeros exames de sanidade (só rodou em um) e, em meio a esse tormento, escreveu bastante, de poesias triviais, passando por vários textos híbridos (diário, crônica, editorial político, receita de bolo), ao texto dramático. Compôs quase vinte peças, todas perfeitamente amalucadas e interessantíssimas, que só foram encenadas cem anos depois de escritas.

Entre os românticos comportados, da mesma geração, havia o costume de cometer, nas sombras da noite, poemas libertinos, críticos, até delirantes. Era uma brincadeira, considerada indigna de publicação e divulgação, mas alguns chegaram até nós. O mais impressionante caso é o de Bernardo Guimarães (1825-1884), o comportado autor de *A escrava Isaura*, que compôs um livro todo transgressor, com poemas eróticos e satíricos, mergulhado na linguagem mais chula que conhecia. Querendo conhecer, vá atrás de *O elixir do pajé*, composto sobre as capacidades de ereção do membro viril do velho índio, ou *A origem do mênstruo*, título que dispensa comentários. Outro singular, mas em sentido totalmente peculiar, é Sousândrade, nascido Joaquim de Sousa Andrade (1833-1902), poeta de grande inventividade que praticou ousadias estéticas impensáveis para os comportados contemporâneos, como misturar várias línguas em versos cortantes a serviço do relato da vida do Guesa errante, personagem que ele foi buscar na América hispânica para montar seu poema mais famoso. Isso sem falar em suas *Harpas selvagens*, livro que conta com poemas de grande qualidade.

Machado de Assis (1839-1908) terá sido o mais singular dos singulares da literatura brasileira. Teve coragens que nenhum outro cogitou, como inventar um narrador defunto, Brás Cubas, numa época de total vigência do modelo realista-naturalista no romance. Em contos como "A causa secreta" e "O alienista", pôs em discussão radical e profunda a ciência, sendo ele um sujeito sem escolaridade regular e vivendo num país sem nenhuma tradição universitária até então. Brasileiro, meteu a mão no patrimônio português, inventando relatos que deveriam supostamente entrar em obras já existentes, como

"O segredo do bonzo"; habitante de país periférico, não teve pruridos em reescrever, ironicamente, passagem da Bíblia, nem de escrutinar a vida mental da todo-poderosa Igreja Católica. Foi melhor que os outros porque, com ser singular, foi genial literiamente, alcançando a forma expressiva adequada.

No começo do século 20, um político gaúcho, ex-senador, dissidente da ortodoxia republicana e positivista no poder, se candidata ao Senado, sabendo que vai perder, porque a máquina que enfrentava era imbatível. Mas ele queria briga, e meteu a cara. Perdeu feio. Aí, aproveita a ocasião para escrever um "poemeto campestre", sátira impiedosa contra seu desafeto-mor, Borges de Medeiros. O livro saiu em 1915 e se chama *Antônio Chimango*, narração em versos que guarda relação com os clássicos da gauchesca platina, como o famoso *Martín Fierro*; seu autor é Ramiro Barcelos (1851-1916), mal disfarçado sob o pseudônimo Amaro Juvenal. Na mesma década, outro satirista se apresenta ao mundo, com humor muito mais leve e isento de peso político: Juó Bananere, nascido Alexandre Ribeiro Marcondes Machado (1892-1933), em São Paulo. Aparelhado de ótimo senso para flagrar o ridículo dos outros, escreveu em português macarrônico, misto da língua de Camões, em registro popular, com o italiano das esquinas da então Locomotiva do Brasil, seu estado natal. O resultado é muita sátira, reunida em parte na impagável *La divina increnca* (1924).

Daí por diante muitos singulares se apresentaram. Para não encomprirar muito a enumeração, vamos ficar em poucos nomes, a começar do personalíssimo romancista Campos de Carvalho (1916-1998), autor de *Vaca de nariz sutil* e *A lua não vem da Ásia*, entre outros, narrativas que combinam surrealismo com brandura e tristeza, numa proporção rigorosamente inédita, de ótimo efeito. Remotamente aparentada dele tanto no surrealismo quanto na melancolia, Hilda Hilst (1930-2004), poeta, contista, inventora de formas e jeitos de ser literários como poucas outras figuras, sempre com um pé na transgressão, seja da lógica cotidiana, seja da moral conservadora.

E o ironista Ivan Lessa (1935-2012)? Inclassificável e beirando o genial, escreveu contos, crônicas e a seção de cartas (fajutando as dos leitores e respondendo a elas) no antigo jornal *Pasquim*, berço de muita experimentação. No mesmo jornal brilhou também o talento de Millôr Fernandes (1924-2012), que já tinha ocupado páginas de outros veículos e continua até hoje sendo provalmente um dos poucos talentos realmente superiores da cultura brasileira, espalhando-se em vários estilos e gêneros (escreveu peças de teatro, traduziu, adaptou, e além de tudo desenha e pinta). Talento que, no entanto, talvez seja difícil distinguir agora – porque faleceu faz pouco, deixando uma obra vasta e de certo modo ainda difusa.

E há finalmente os malucos-malucos, que são loucos por querer ou sem querer, perenes ou passageiros. Gente que adentrou o território da insanidade, real ou figurada, e trouxe de lá grande literatura, testemunho que nos faz mais humanos por confrontar a pequenez dos nossos dias com o abismo da condição humana. Tome-se o caso do romance *Panamérica*, de José Agrippino de Paula (1937-2007), que mobilizou Caetano Veloso, nos inquietos tempos tropicalistas, com seu aspecto delirante, um narrador vivendo delírio hollywoodiano de grandeza com os mitos daquele tempo, Marilyn Monroe à frente. Ou o caso de um romance como *Pilatos*, de

Carlos Heitor Cony (1926), publicado em 1974 e capaz de nos levar sem escalas para dentro de uma *bad trip* em que o protagonista, após acidente, perambula pelo Rio de Janeiro sob ditadura sem entender nada, sem vontade e sem destino, apenas carregando seu próprio pênis num vidro de conserva. Ou o caso de Carlos Süssekind (1933), que viveu realmente um episódio de internação psiquiátrica e dele retirou a seiva para escrever romances geniais como *Armadilha para Lamartine* e *Que pensam vocês que ele fez?*, com humor cortante e alto domínio da língua, a dar-nos notícia da classe média mais ou menos neurótica que todos nós habitamos.

DESPEDIDA

Em História, como se sabe, tudo depende de ponto de vista, ou quase tudo. O que foi mais importante, o que foi decisivo, quem determinou qual coisa, tudo isso é indagação sem fim. (Ainda bem.) Isso quer dizer, em resumo, que no terreno da História – que é a arena em que este pequeno livro atua, modestamente – é preciso considerar sempre o ponto de vista, caso contrário não há racionalidade no debate. Por outro lado, em História é preciso evitar a todo custo o equívoco do *anacronismo*, o erro de julgar as opiniões e os fatos do passado segundo o nosso presente.

Ocorre que em país de tradição colonial, como o Brasil e toda a América, esse equívoco está o tempo todo armando ciladas para quem lê o passado. Talvez o exemplo mais notável seja, justamente, a própria noção de Brasil. Quer ver? Aqui mesmo, neste pequeno passeio por alguns dos principais veios da literatura brasileira, muitas vezes nos referimos ao Brasil de, por exemplo, Tomás Antônio Gonzaga, ou o de Gregório de Matos. Só que, no rigor do termo, não havia Brasil no século 18, muito menos no século 17. Brasil só existe, formalmente, depois de 1822.

Certo, é compreensível que a gente tenda a ler Gonzaga e Gregório como brasileiros, mesmo com aquele desencontro de datas. Porque, como sempre ocorre, a História é contada de trás para diante, do fim para o começo: alguém que está no futuro se põe a examinar o passado e a contar como foi que o passado ocorreu de maneira a chegar cá no presente, segundo os interesses do presente. Não tem saída. Daí que os historiadores da literatura brasileira, em sua maioria, incluam os escritores do período colonial, quando o futuro Brasil era apenas uma colônia portuguesa e portanto era parte de outro país. (Da mesma forma é compreensível que os mesmos Gonzaga e Gregório estejam, em regra, incluídos nas histórias da literatura portuguesa, ainda que com a ressalva de que viviam na colônia que viria a ser o Brasil.)

A tradição das histórias de literatura, tal como as conhecemos, está diretamente ligada a duas ordens de motivos, que se combinam: por um lado, conta-se a história da literatura segundo uma perspectiva nacional; por outro, conta-se a história segundo uma visão evolucionista, espécie de luta pela sobrevivência do mais apto, mais ou menos como Darwin estabeleceu para a natureza. As duas convergem para um ponto não explícito, mas forte: o presente, concebido como uma espécie de culminação, que estaria, é claro, aqui onde estamos, ou aqui onde está o historiador.

Em termos amplos, parece haver um confronto entre duas teorias gerais sobre a literatura brasileira, com variações entre os historiadores, explicando as mudanças de enfoque, de ênfase, de enquadramento. Naturalmente, todos os que descrevem o processo trabalham com categorias, termos que procuram nomear, como etiquetas, as tendências consideradas importantes, ou pela forma, ou pelo conteúdo, ou por uma combinação desses fatores. Mas a divergência é perceptível logo debaixo da relativa serenidade no uso de termos como Arcadismo, Romantismo ou Modernismo; talvez se possa resumir a divergência como um confronto de *barroquismo* versus *sistema formativo* (os termos não existem assim em parte alguma, são um palpite deste comentarista que aqui está, atrás dessas palavras).

O que aqui está sendo chamado de *barroquismo* (que se encontra referido às vezes como *a constante barroca*, ou *a permanência do barroco*, etc.) é uma concepção da história mais como produto do que como processo. Privilegia as grandes obras, os maiores escritores, as excelências, focando sua atenção numa espécie de darwinismo formal: a história da literatura deve ser contada segundo os pontos altos, resultando numa espécie de cordilheira, um desfile de excelências. Historiadores e críticos dessa linhagem pensam que não vale a pena, por exemplo, perder tempo descrevendo tendências dominantes em certa época, porque elas, sendo dominantes e portanto tendo amplo público, certamente são ou tendem a ser medíocres, pertencem ao reino do trivial, enquanto o que importa, verdadeiramente, são as exceções. Assim, nada de Castro Alves e seus inúmeros imitadores, mas sim Sousândrade; nada dos regionalistas em geral, que fazem apenas o fundo para o aparecimento de Guimarães Rosa, este sim valoroso. É uma visão claramente formalista, no sentido de que privilegia a forma e desconsidera, ou secundariza, o conteúdo, e de que privilegia a invenção, contra a repetição. Nos melhores casos, faz análises apuradíssimas sobre aspectos da forma, em si ou em relação com outras obras de arte, revelando para o leitor aspectos pouco acessíveis a quem não dispõe da erudição do comentarista; em casos demenciais, há gente dessa turma que renega qualquer nexo entre a obra e a vida, como se ela fosse apenas fruto olímpico da ideia do artista e não devesse ser submetida ao crivo da vida.

Do outro lado desse imaginário ringue está a perspectiva historicizante, que procura o desenho do processo, dentro do qual emergem as excelências. Aqui, nesse campo que procura descrever o que chamei de *sistema formativo*, a ideia é mostrar de que modo as tendências estéticas acompanham as demandas, as urgências, as pressões, as restrições sociais; por isso, a ideia de representação surge com força – procura-se aqui entender como é que uma obra artística *representa* um elemento da vida, não por haver sido diretamente determinada pela vida, mas por relacionar-se com ela, necessariamente. Nos melhores casos, essa tendência analisa a obra procurando estabelecer (ou, mais propriamente, restabelecer) com delicadeza os laços entre forma artística e experiência social. Em casos de críticos e historiadores pouco inteligentes, essa tendência chega ao extremo imbecil de achar que a obra é determinada de fora para dentro, quase sem participação da elaboração individual do artista; pior ainda, os representantes ineptos dessa tendência costumam privilegiar as obras que decalquem diretamente a realidade (é comum usar aqui a palavra *reflexo*, para designar a relação entre a obra e a vida), insinuando que tais obras de realismo puro e simples, e não as outras que sejam mais imaginativas, é que de fato representam a vida. O pior caso dessa tendência foi conhecido como "realismo socialista" e foi patrocinado por instituições ditatoriais do falecido comunismo soviético.

Há estupidez em qualquer campo de atividade humana, e aqui não seria diferente. No fim das contas, o grande divisor de águas é a qualidade, e o bom é que há gente inteligente em cada um dos campos. No mundo brasileiro, tivemos críticos inteligentes e sensíveis no campo formalista como Augusto Meyer ou José Guilherme Merquior, e no campo oposto temos figuras de primeiro plano, como Antonio Candido e Roberto Schwarz. Para ser honesto com o leitor, meu gosto pessoal pende mais para estes últimos do que para aqueles, por temperamento e por opção política: prefiro considerar o processo, e dentro dele os produtos – o que não me impede de vibrar com os produtos independentemente de processo, claro.

Por isso mesmo, minha preferência recai sobre Antonio Candido, espécie de síntese possível do que de melhor há nos dois lados, mas com ênfase na perspectiva de processo. Em seu decisivo estudo *Formação da literatura brasileira*, Candido desenha a tese de que a literatura brasileira passa a existir com o surgimento do desejo de que o país existisse, com os escritores fazendo simultaneamente a literatura e o país – ou mais ainda, fazendo a literatura para fazer o país. Trata-se de uma tese de fôlego, baseada na observação do movimento da sociedade brasileira. Ela, porém, insinua que o Barroco estaria fora da brasilidade – o que é fato, se pensarmos pela pauta sociológica e histórica, mas, penso eu, nem por isso Gregório de Matos vale menos, do ponto de vista literário e mesmo documental, como cronista da vida baiana do século 17. (Para meu gosto pessoal, costumo lembrar um preceito de Ezra Pound, por sinal um formalista, que observou que os poetas são contemporâneos de seus leitores. Simples e agudo: enquanto o poeta continuar significando, ele está vivo, e nós poderíamos dizer, nos termos de Antonio Candido, que ele está fazendo sistema, ainda que longe de seu tempo de vida.)

Este livro, à sua maneira, tentou pensar a literatura brasileira nessa pauta, com vistas ao leitor não profissional. Os caminhos procuraram ser não lineares, ou pelo menos não só lineares, como forma de ajudar a mapear o patrimônio que já está aí e deve ser compreendido como pertencendo a todos, cabendo a cada um habilitar-se, penetrar nesse planeta e, na melhor hipótese, adonar-se dele, remapeando como melhor lhe parecer. Certamente o livro pode ser acusado de injustiça, por falta (de nomes, de obras) ou por excesso (de hipóteses de análise). Seja como for, ele pretendeu ajudar o leitor a não ter medo de se apropriar desse patrimônio.

Idealmente, este livro quer um pouco mais ainda. Que o leitor tome como sua a herança literária aqui frequentada, para aprender com ela e para aparelhar seu olhar de maneira a enxergar aquilo que ainda não está pronto: a literatura que se faz em cada canto do país (e do mundo), que luta ainda por alcançar o nível expressivo adequado e que espera o leitor. O leitor destemido, sem preconceito e informado na tradição. O leitor que, conforme o caminho das coisas, daqui a uns anos vai escrever um outro capítulo dessa história de nós todos.

ANEXO 1

Quadro de referência da história da literatura brasileira*

ÉPOCA	NOME	CENTRO[1]	AUTORES	TRAÇOS
Séc. 16	Na Europa, o Renascimento; no Brasil, *Literatura informativa e catequética*	O litoral brasileiro, nas pequenas vilas estabelecidas (extração de pau-brasil)	Os viajantes (Caminha, Jean de Léry), os padres (Anchieta)	Literatura afinada com objetivos pragmáticos (relatos para o leitor europeu ou catequese)
Séc. 17	*Barroco* (na Europa e aqui)	Bahia (açúcar), vida urbana rala, sem edição e com pouca circulação de livros	Gregório de Matos, Padre Vieira	Ainda objetivos pragmáticos, mas já certa ideia de arte: cultivo de antíteses, paradoxos
Séc. 18, segunda metade	*Arcadismo* (ou *Neoclassicismo*)	Minas Gerais, as primeiras grandes cidades brasileiras	Cláudio Manoel da Costa, Tomás Antônio Gonzaga, Basílio da Gama, Silva Alvarenga	Reverência às formas e aos temas clássicos convencionados: bucolismo, *carpe diem*
Séc. 19, até os anos 1870	*Romantismo*	Rio de Janeiro, capital do novo país	Alencar, Gonçalves Dias, Castro Alves	Busca da identidade nacional (índio, natureza) e individualismo

* Este *quadro* é um resumo sem maior pretensão. Apenas indica, de modo sumário e a título de rememoração, os principais termos da história da literatura brasileira. Nem a lista dos autores, nem as características mencionadas pretendem esgotar o assunto. No fundo, o quadro responde a um velho vício do professor, preocupado em dar um mapa com o qual o aluno possa se movimentar sozinho, inclusive abandonando o mapa, se lhe parecer.

1. *Centro*: a cidade, a região em que a tendência artística em causa se apresentou primeiro, ou mais fortemente, ou a região que patrocinou a briga pela implantação do estilo, porque este representa o ponto de vista dessa região, como centro irradiador.

1880-1922	*Realismo-Naturalismo*, na prosa	Rio de Janeiro	Machado de Assis; Aluísio Azevedo; Lima Barreto; contistas regionalistas: Simões Lopes Neto e outros[2]	Exame da realidade popular, com lente darwinista
	Parnasianismo	Rio de Janeiro	Olavo Bilac, Alberto de Oliveira, Raimundo Correia	Classicismo, afastamento da realidade social, refinamento
	Simbolismo	Várias cidades	Cruz e Sousa (SC), Alphonsus de Guimaraens (MG), Eduardo Guimaraens (RS)	Temas espirituais e filosóficos, trabalho formal expressivo
1922-1930	*Modernismo*	São Paulo, cidade industrial moderna	Mário de Andrade, Oswald de Andrade, Manuel Bandeira	Grande experimentação, na busca de nova definição da identidade nacional

---

2. Aqui, evitamos deliberadamente usar a categoria "Pré-Modernismo", que pretende englobar autores que publicaram entre 1900 e 1922 e que seriam supostamente diferentes do que havia antes e ainda não modernistas. A rigor, a categoria padece de certo aspecto imperialista: tenta fazer crer que o Modernismo é o centro absoluto de avaliação da literatura do século 20, que seria marcado em antes e depois dele, Modernismo. Em termos estéticos, os autores podem ser enquadrados, com ganho de racionalidade, ou no âmbito do Realismo-Naturalismo (Graça Aranha, Lima Barreto e os contistas regionalistas seriam uma segunda geração da mesma estética), ou no Parnasianismo (caso aproximado de escritores como Coelho Neto e outros conservadores) ou no Simbolismo (caso de Augusto dos Anjos). Ver Anexo 2, "Modernismo".

1930-1945[3]	Romance	Nordeste e Sul	NE: José Lins do Rego, Graciliano, Jorge Amado, Rachel de Queiroz; SUL: Erico Verissimo, Dyonélio. Cidade moderna: Dyonélio Machado, Cyro dos Anjos	Novo momento do Realismo, com ênfase na análise das oligarquias periféricas e na vida solitária nas cidades
	Poesia	Rio de Janeiro	Drummond, Vinicius, Cecília, Quintana, Murilo Mendes	Algum traço filosófico, ampla liberdade formal e temática
1945-1960[4]	Narrativa	Interior profundo, sertão	*Nova narrativa épica* ou *fantástica*: Guimarães Rosa, Murilo Rubião, José J. Veiga, João Ubaldo Ribeiro	Perspectiva irracional, ou pré-racional, ou mítica, em contato com a racionalidade urbana
		Cidades grandes	*Intimismo, psicologia*: Clarice Lispector, Dalton Trevisan	Foco na psicologia, mais que nas ações
	Poesia	Rio (vindo do Recife)	João Cabral	Poesia seca, contida
		São Paulo (e Rio)	*Concretismo*: Haroldo e Augusto de Campos, Décio Pignatari	Vanguarda formal, com aspiração cosmopolita

---

3. A partir desta época, os manuais de literatura brasileira costumam usar a categoria "Modernismo" para designar todas as gerações. O termo acaba sendo inútil, porque designa tudo o que aconteceu depois de 1922 até hoje, quase sem distinção. Aqui, preferimos apenas referir à época e alguma característica, sabendo que esse tema, para a historiografia, é certamente carente de solução. Para explicar essa dificuldade, pesam dois fatores, centralmente: um, a nossa relativa proximidade em relação aos fatos, que impede uma serenidade maior na apreciação de conjunto; dois, que na cidade moderna, com a diversidade de (cont.)

1960 em diante	Narrativa	Grandes cidades	*Conto*: Rubem Fonseca, Sérgio Sant'anna, João Antônio, Moacyr Scliar, Caio F. Abreu *Romance*: histórico, mas também psicológico	Aspecto realista, intensa experimentação formal na análise da vida urbana moderna
	Poesia	Grandes cidades	Ferreira Gullar e outros, nos anos 1960; nos 1970, a *poesia marginal*, próxima da canção e do "happening"	Poesia fragmentária e de resistência contra a ditadura nos anos 1960; poesia de celebração, mais singela e comunicativa, nos anos 1970

(continuação) interesses e de possibilidades, além da força da indústria cultural, que tudo acolhe desde que venda, várias estéticas convivem, sem maior atrito e mesmo sem disputar a hegemonia, cada qual atendendo, por vezes, a um setor social diferente (os pobres, por exemplo, consomem uma arte muito próxima dos padrões românticos triviais – mistificação do passado na forma de uma "época de ouro", fantasia de retorno à natureza, etc. –, ao passo que os setores intelectualmente mais sofisticados rejeitam tal padrão e só toleram consumir arte de vanguarda, assim por diante).

4. A data de 1960 é mais ou menos arbitrária. Pode-se cogitar o ano de 1968 como um limite mais significativo: no Brasil, a edição do AI-5, que configurou a ditadura militar de modo mais claro do que em 1964, e no plano mais amplo o Maio de 68, episódio marcante da revolução de costumes, a balizar uma passagem do mundo do pós-guerra para um novo momento. (Outra data a considerar seria o ano de 1989 como outro marco significativo: a redemocratização do Brasil, com a eleição direta para presidente, depois de anos, e a queda do Muro de Berlim, no plano internacional. Seria, talvez, uma data relevante: em 1945, no fim da Segunda Guerra, abre-se a Guerra Fria, período de disputa entre os Estados Unidos e a União Soviética, período que finda em 1989. O futuro dirá.)

ANEXO 2

Glossário crítico de alguns termos comuns em manuais de história da literatura brasileira

ARCADISMO

Os marcos cronológicos habituais do Arcadismo são 1768 e 1836: na primeira data saem as *Obras poéticas*, de Cláudio Manoel da Costa, e na segunda os *Suspiros poéticos e saudades*, de Gonçalves de Magalhães, o primeiro livro árcade e o primeiro romântico, pela ordem. "Arcadismo" tem origem em Arcádia, região montanhosa da antiga Grécia – alguns montes alcançam 2.400 metros –, que segundo certa versão mitológica teria sido o berço do próprio Zeus, pai de Arcás, ou Arcádio, ancestral lendário da região e de seus habitantes, os quais se dedicavam ao pastoreio, numa vida simples, próxima da natureza, afastada da pólis grega, a cidade-matriz de toda a civilização urbana ocidental.

Trata-se de uma moda literária nascida na Itália, vinda para Portugal e finalmente para a colônia brasileira, para onde a trouxeram os brasileiros que estudavam na metrópole. Esses letrados, funcionários da burocracia administrativa ou judiciária e clérigos criaram entre nós o primeiro circuito estável para a literatura: havia quem escrevesse e publicasse (em Portugal, porque aqui as gráficas continuaram proibidas pela Coroa) e quem lesse aqueles livros. Os poetas desse tempo tiveram na Arcádia o símbolo de sua concepção poética e nome de sua organização – "arcádia" foi o nome das sociedades literárias e científicas organizadas em países neolatinos – porque os poetas árcades (ou arcádicos, ou arcadistas, tanto faz), embora fossem todos habitantes das cidades, na poesia fantasiavam-se de personagens-pastores, vivendo em campos bucólicos, onde corriam riachos magníficos e pastavam animais mansos; a fantasia se complementava com a figura de uma personagem pastora, no lugar da mulher amada.

Essa figuração seria fruto de uma fuga das cidades? Nessa hipótese, os autores, sérios funcionários durante o dia, teriam a poesia como válvula de escape do cotidiano, em vista de viverem em cidades pavorosamente povoadas, opressivas. Mas isso não faz muito sentido, porque as cidades brasileiras do período não eram muito grandes, embora de fato fossem bastante concentradas: elas eram o centro político e administartivo da exploração do ouro e das pedras preciosas, em Minas Gerais. Assim, as convenções árcades – as figuras do pastor e da pastora, o bucolismo, que considerava a natureza como um cenário idílico – são isso mesmo, convenções artísticas, apenas remotamente ligadas à ideia da simplicidade pastoril. Nessa ideia da simplicidade reside o motivo originário da ideia bucólica: os poetas árcades, na Europa e na América, rejeitavam os excessos barrocos, aquelas firulas e volteios retóricos, em favor da singeleza, dos sentimentos diretos e simples. Uma das expressões latinas que representa bem tal ideia é *Inutilia truncat*, algo como "Corte-se o inútil". Horácio (65-8 a.C.), poeta latino autor das *Odes*, forneceu modelo para os poetas, que tomavam passagens de seus poemas como palavras de ordem, como *Carpe diem* ("Aproveite o dia de hoje") e *Fugere urbem* ("Fugir da cidade"), que se completa com a ideia do *Locus amoenus* ("Local aprazível"), todas configurando a ideia geral do bucolismo.

A tradição clássica foi aproveitada também em alguns temas, particularmente os da mitologia, e por isso o Arcadismo é também conhecido como Neoclassicismo: os poetas se ligaram à tradição que vinha do mundo greco-latino e passava pelo Renascimento (que também é chamado de Classicismo). Curiosamente, muitos poetas eram ligados aos movimentos de insurreição política (a Inconfidência Mineira), mas essa parte de suas vidas não entrava na poesia, que era mesmo convencional. Mas, mesmo com toda a força dessa convenção bucólica e com a ideia da contenção neoclássica, a poesia acaba escapando em direção à liberdade: Cláudio Manoel da Costa tem certo apreço pela referência à natureza real de Minas Gerais, e Basílio da Gama, no sensacional poema narrativo *O Uraguai*, se ocupa de matéria-prima forte, nada distanciada – a conquista das Missões sulinas, assunto que ainda ardia na história real (anos 1750) e já o autor publicava seu livro (1769). Também Tomás Antônio Gonzaga, por mais que se disfarce no contido e discreto pastor Dirceu, faz uma poesia de um lirismo tocante, que em muitos sentidos já apresenta uma vibração romântica.

BARROCO

A palavra "barroco" designa um "penhasco granítico, terreno irregular, barroca" (dicionário Houaiss); depois, veio a designar uma pérola de formato irregular; daí teria passado a significar um estilo artístico rebuscado, baseado em contrastes. Trata-se de um modo de fazer arte ligado às ideias católicas da Contrarreforma, nascido na Itália, característico na pintura e na literatura. Sendo ligada ao mundo mental do catolicismo, floresceu nos países em que a religião de Roma triunfava, tendo pouca presença nos países em que as religiões protestantes venceram, como o mundo anglo-saxão: Itália, Espanha e Portugal serão os grandes espaços barrocos; nas igrejas desses países se realizava uma espécie de festival do estilo – a arquitetura, a pintura, a escultura, as artes decorativas, a música e as artes literárias, todas produzidas segundo a mesma tensão.

Que tensão? Pode-se dizer que toda arte barroca trabalha sobre uma dicotomia, quase uma dilaceração. De um lado, as determinações católicas contrarreformistas – a obrigação de tratar dos temas bíblicos e da vida de santos; a perspectiva teocêntrica, que considera Deus como o centro do mundo, o eixo da vida. De outro, as solicitações do mundo humano – os temas da vida real, como as conquistas, as maravilhas inventadas pelos homens, tudo configurando uma forte ideia de liberdade na produção da arte, segundo a perspectiva antropocêntrica, que considera o homem como a medida de todas as coisas. Daí aparecem, na arte barroca, tensões entre o divino e o humano, o tema religioso e o tema mundano, o sublime e o profano, o alto e o baixo, etc.

Na colônia brasileira, as cidades mal começam a aparecer: havia a extração de pau-brasil, e depois as fazendas de plantação de cana para a produção do açúcar. Era uma colônia centrada no campo, com raras cidades – Salvador, na Bahia, a maior de todas no século 17, seguida de outras cidades portuárias, e mais adiante as cidades mineiras. Mas é nas cidades que acontece a cultura letrada. Quem pratica a arte, então, são os clérigos (como o Padre Antônio Vieira) ou os funcionários da administração (como Gregório de Matos Guerra). Para efeitos cronológicos, os manuais estabelecem como data para o barroco literário entre nós o ano inicial de 1601, edição da *Prosopopeia*, de Bento Teixeira, e o ano final de 1768, ano em que Cláudio Manoel da Costa publica suas *Obras poéticas*, marco da moda seguinte. Vale registrar: na história da cultura brasileira, fala-se de barroco na literatura no século 17, e de barroco nas artes plásticas e na música nas cidades de Minas Gerais no século 18; os grandes artistas são Antônio Francisco Lisboa, o Aleijadinho, escultor e arquiteto (c. 1730-1814), o pintor Manoel da Costa Ataíde (1762-1837) e o compositor padre José Maurício Nunes Garcia (1767-1830).

Cabe dizer que no século 17, na colônia que viria a ser o Brasil, não havia um circuito de produção literária. Pouca gente tinha alguma relação com as letras (o grosso da população era iletrada, fossem os índios, os negros escravos ou mesmo os portugueses que aqui viviam), e as funções da literatura eram muito diferentes daquelas que conhecemos hoje (interpretação do mundo, organização da informação, exercício da arte, além de prática profissional para muitos, de escritores a vendedores de livros). Naquele tempo, escrever e ler tinha a ver com interesses práticos (alguns elevados, caso dos sermões de Vieira; alguns mundanos, caso das sátiras e críticas de Gregório de Matos) ou com uma espécie de divertimento elegante, desejável para as pessoas de destaque. A colônia só tinha ensino ligado à Igreja Católica, e não podia imprimir nada (tudo que circulava aqui era impresso na Europa, situação que só se alterará mesmo depois da chegada da família real portuguesa, no começo do século 19). Nem mesmo a noção de autoria é igual à nossa, que nasceu no Romantismo. Há casos de poemas escritos por Gregório de Matos que foram na verdade traduzidos do espanhol, de poetas como Luís de Góngora (1561-1627) e Francisco de Quevedo (1580-1645), cuja influência se espalhava pela Península Ibérica e por toda a cristandade. Não se considerava que escrever um texto significasse algo parecido com "ser artista", no sentido que o Romantismo vai impor. Uma leitura genial para captar muito do espírito do barroco é o *Dom Quixote*, de Miguel de Cervantes, livro que é muito mais do que uma ilustração do tema, verdadeiro clássico que é da literatura em qualquer tempo.

MODERNISMO

Na tradição brasileira, não há palavra mais capaz de produzir confusão conceitual do que "modernismo". Para começar, designa um grupo de escritores de vanguarda, aparecido nos anos 1920: usa-se como referência obrigatória a Semana de Arte Moderna, festival cultural ocorrido em São Paulo, em 1922, que teria deflagrado toda uma renovação do horizonte artístico brasileiro. Dessa origem segue-se o uso da palavra "modernismo" como nome da corrente dominante na literatura, quer dizer, como palavra capaz de designar o conjunto das boas obras produzidas a partir de então. Daí, segue-se que a mesma palavra, "modernismo", vai aparecer nos manuais de ensino e de história da literatura brasileira como etiqueta para tudo o que se produziu no Brasil, de 1922 em diante. Pode olhar: abre-se um desses livros e lá está a seguinte sequência, para o século 20: *Pré-Modernismo*; *Modernismo*, primeira fase; *Modernismo*, segunda fase; *Modernismo*, terceira fase; e ainda, conforme o caso, aparece um *Pós-Modernismo*. Vai daí, para este observador que aqui fala, a conclusão é inevitável, como somar dois e dois: se a mesma palavra, "Modernismo", está sendo usada para designar coisas tão diferentes entre si, como são as obras da literatura brasileira do século 20 em seu conjunto, seu uso está evidentemente prejudicado, já que não serve para diferenciar as coisas a que se refere.

Se quiser complicar um pouco (antes de esclarecer), acrescente-se ainda o seguinte: na América de língua espanhola, a mesma categoria, "Modernismo", serve para referir não a literatura de vanguarda do século 20, mas, paradoxalmente para os olhos brasileiros, a literatura parnasiana e simbolista, característica da chamada Belle Époque, o Rio de Janeiro da virada do século. (Em alguns manuais de história da cultura, esse conjunto que os hispanofalantes chamam de Modernismo vem acompanhado da noção de *art nouveau*, estilo francês requintado, delicado, muito presente em pintura e decoração, como nos famosos cartazes de Alfons Mucha; um sensível crítico brasileiro usava o termo "arnuvoísmo" para referir a poesia feita no mesmo padrão.) Nesse caso, modernista é, por excelência, o poeta Ruben Darío, nicaraguense e famoso em todo o mundo hispânico, que em termos brasileiros seria um simbolista digamos bem desenvolvido. Última complicação ainda: "modernismo", a palavra, nasce do acréscimo do sufixo "ismo" a um adjetivo que é, por si só, multissignificativo: fala-se de modernidade, em sentido amplo, a partir do Renascimento (nos manuais de história geral, chama-se "História Moderna" o período que sai da Idade Média e chega até a "História Contemporânea", que é marcada a partir do século 18); usa-se modernidade, em sentido mais estrito, para designar a história ocidental a partir da revolução industrial e das revoluções burguesas do século 18; e por aí vamos. Quer dizer: querer que o termo "modernismo" seja eficiente é complicado.

Então por que é que no Brasil se usa o termo com tanta fluência? Por basicamente três motivos. Primeiro:

embora os adjetivos "moderno" e "modernista" possam ter significação larga e difusa, como vimos acima, eles dão uma sensação geral de renovação, de atualização, de invenção, traços estes que são característicos dos movimentos artísticos de vanguarda no começo do século 20, quando em São Paulo aqueles jovens artistas agregaram forças para fazer em público sua gritaria. Vale também notar, na mesma direção, que no mundo de língua inglesa o termo "modernism", mundo com o qual a cultura brasileira não tem laços muito fortes ao longo do tempo (nossa influência principal sempre foi, em matéria de alta cultura, a França, além de Portugal), refere algo semelhante ao nosso "modernismo": literatura de invenção, feita no começo do século 20, incluindo elementos de vanguarda, como são os casos do poeta T. S. Eliot e o prosador James Joyce.

Segundo: o termo ganhou força justamente por designar um movimento paulista, mais especificamente paulistano, que agregava figuras locais, como Tarsila do Amaral, Mário de Andrade e Oswald de Andrade, e figuras de fora, como o maestro Villa-Lobos, carioca, e o poeta Manuel Bandeira, pernambucano; movimento paulista nos anos 1920 quer dizer movimento cuja força histórica é muitíssimo superior aos meros enunciados artísticos, porque São Paulo, cuja voz se faz ouvir no Modernismo, é a ponta de lança do desenvolvimento industrial, comercial, bancário, tecnológico do país todo, sem termo de comparação com qualquer outra das províncias, mesmo o Rio de Janeiro, que permanece, nessa época, como a capital federal. Assim, o "modernismo" paulistano dispara seus torpedos artísticos na mesmíssima direção para onde se dirigiu o desenvolvimento brasileiro, o que conferiu às teses modernistas a força avassaladora da história.

Terceiro, não menos importante: atualização e força do progresso, os dois elementos anteriores, impulsionaram também a Universidade em São Paulo, e foi a USP, a mais importante universidade de toda a América Latina, que reescreveu a história da literatura brasileira (ok, não foram só os professores da USP, mesmo porque gente de outras partes também o fez: mas foi a lógica paulistana, uspiana, que definiu os rumos da historiografia da literatura brasileira), e o fez centralizando absolutamente o episódio da Semana de Arte Moderna de 1922, que virou um marco irrecusável para tudo. Pode conferir: escritor que não passe nas provas modernistas paulistas (eu prefiro dizer, com uma palavra meio pedante mas mais precisa, "paulistocêntricas") sai da história, dos manuais de história, ou então vai ocupar um lugar muito secundário, porque será considerado coisa menor. Menor segundo o critério, segundo a força, segundo o patrolamento das três forças do modernismo paulista (paulistocêntrico).

Exemplos são vários. Literatura de tema rural, por exemplo, mesmo que seja excelente em realização será vista como regressiva pelo mero fato de falar do campo, e não da cidade; literatura feita no Rio de Janeiro que seja renovadora mas não tenha berrado sua modernidade, como foi o caso de Machado de Assis ou de João do Rio, fica igualmente prejudicada no novo ranking; e assim por diante. Sim, o debate aqui está simplificado, para caber nos limites deste pequeno ensaio, e é preciso ver que há exceções, várias; mas faço questão de registrar que a massa dos estudos e das descrições da literatura brasileira do século 20 simplesmente naturaliza esse problema, toma-o como um não problema, não reconhece como problema. Para mim, é um imenso problema, que impede a difusão e mesmo a leitura pura e simples de vários escritores de grande interesse, que saíram do cânone ou nem entraram nele por serem diferentes, por apresentarem aspectos estéticos que não cabiam no ideário modernista paulistocêntrico. Tal é o caso de vários poetas de temperamento simbolista que migraram daí para as posições de vanguarda, tal é o caso de narradores realistas renovadores dos anos 1910 e 1920, tal é o caso enfim de escritores apreciáveis mas que ficam retidos no apertado gargalo do modernismo entronizado como vitorioso.

Então, por que se usa a categoria "Pré-Modernismo"? Foi a centralidade adquirida historicamente pelos escritores e ideólogos paulistas (paulistocêntricos) que fez alguns comentaristas inventarem a nefasta categoria, "Pré-Modernismo", feita para incluir determinados autores e obras que, na opinião dos modernistocêntricos (outra palavra grosseira, mas precisa), de alguma maneira teriam apenas antecipado os procedimentos dos vanguardistas, mas sem terem alcançado a sublimidade, que só viria, na mesma opinião, depois do *Fiat lux* de 1922. Quer dizer: uma bobagem.

As demais categorias que aparecem nos livros, "Modernismo primeira fase", seguido de uma "Segunda fase" e mesmo de uma "Terceira fase", para não falar do quase ridículo termo "Pós-Modernismo", são o complemento da prova do crime: ao chamar tudo de modernista, a atual historiografia da literatura brasileira diz, por debaixo da palavra, que tudo o que aconteceu de relevante no século depende diretamente do, adivinha, Modernismo, aquele paulistocêntrico e modernistólatra (piorou no quesito elegância, melhorou a precisão do que eu quero dizer). Drummond, João Cabral, Vinicius, Graciliano,

Erico, Guimarães Rosa e todos os demais, segundo essa visão, existem porque a Semana de 22 os autorizou a viver. Trata-se não apenas de uma demasia ideológica, mas também de uma incompetência técnica na descrição e de uma grosseira mitificação de certa parte do significado da palavra "modernismo", aquela que sugere ser a invenção um sinônimo de qualidade.

O prezado leitor não me perguntou, mas eu me faço a questão: ok, mas e o que fazer, então, para designar as tendências dominantes na literatura brasileira, para organizar uma descrição historiográfica que acolha melhor a realidade das obras produzidas? O problema é complicado, e muitíssimo interessante, mas não é o espaço para resolver tudo, e nem o tempo: estamos ainda muito próximos dos fatos, numa escala de tempo larga, para poder vê-los a distância segura, que permite as generalizações competentes. Arriscando palpites: claro que o termo "modernismo" tem lugar nessa necessária nova história da literatura brasileira, para designar justamente os lances da vanguarda, talvez acolhendo os poetas maduros do século 20 todos, Bandeira, Drummond, Vinicius, Cecília Meireles, João Cabral, ao lado dos vanguardistas puro-sangue, como Oswald de Andrade, e dos grandes ideólogos da coisa, ainda quando sejam artistas menores, como é o caso de Mário de Andrade; o termo "pré-modernismo" tem que ser sumariamente banido do horizonte, porque impede enxergar o que de fato acontecia no período entre 1880 e 1920, marcado centralmente pelo Realismo-Naturalismo na prosa e pelo Parnasianismo (os poetas mais triviais, mas mais famosos e poderosos) e pelo Simbolismo (os melhores, mas fora do poder) na poesia; depois há uma poderosa geração de narradores, que brilham mais nos temas ligados ao mundo rural e às províncias (Graciliano, Lins do Rego, Jorge Amado, Erico, Guimarães Rosa) do que nos temas ligados à cidade, onde também há coisa de primeira ordem (Dyonélio Machado, Cyro dos Anjos, Clarice Lispector); depois ainda, a partir dos anos 1960, outra volta do parafuso na narrativa, com a narrativa urbana (Dalton, Rubem Fonseca, no conto; Cony, Callado, no romance), o romance experimental (Osman Lins, Raduan Nassar, João Ubaldo) e o romance histórico (Márcio Souza, Scliar), mesma época em que amadureceu a força do Concretismo na poesia, assim como amadureceu a canção, esse gênero semiliterário que tomou o lugar da poesia como formador da sensibilidade do brasileiro comum.

E por aí vamos, fomos. Matéria para pensar por muito tempo, de forma não a encarcerar os autores, o que é o pior que pode acontecer para eles e para os leitores, e sim de forma a captar e descrever tendências, modos de ser, afinidades que a cultura vai revelando, a partir do trabalho dos artistas.

REALISMO e NATURALISMO

A segunda metade do século 19 de fato viveu uma arrancada científica impressionante, que só recrudesceu dali por diante; os jovens de 1880 estavam tirando os véus de muitos tabus, crenças e mitos. Charles Darwin, com seu *A origem das espécies*, livro de 1859, havia mostrado que o homem não era nada divino, mas inteiramente animal. Na mesma geração, em 1848, Karl Marx e Friedrich Engels lançaram o famoso *Manifesto comunista*. Analisando as relações entre produção da riqueza e aumento da pobreza, tudo em relação dinâmica como nunca antes alguém havia mostrado. Com esses exemplos maiúsculos, tem-se uma ideia da mudança que estava se operando no panorama do pensamento ocidental. Não é que os jovens brasileiros lessem diretamente tais obras; mas é certo afirmar que o clima do período mudara, e as novas gerações não aceitavam mais as explicações anteriores, nem, igualmente, as formas estéticas anteriores, nascidas para representar outro mundo, agora soterrado. O Romantismo perdera a força, virando uma coisa aguada, porque condições para as quais o Romantismo havia sido concebido e criado – o elogio do indivíduo, a criação das nações modernas, e na América a busca pela identidade nacional – perdiam vigência.

Nessa hora, na Europa, as massas urbanas viam cotidianamente desmentidas as promessas de igualdade, fraternidade e liberdade, anunciadas décadas antes; a realidade era uma luta social pela sobrevivência, num contexto que combinava grande expansão dos mercados com pauperização de vastas populações. Não admira que nos anos entre 1840 e 1870 tenha havido tanto movimento social por mudanças, notadamente na França. No Brasil, a coisa era atravessada pela escravidão, que convivia com o liberalismo de fachada, em flagrante contradição. Veio a abolição, em 1888, e veio a República, em 1889. Por tudo isso, era esperável que o caminho das novas gerações na literatura tivesse uma dimensão mais crítica. E foi o que ocorreu: na Europa desde a década de 1850 e no Brasil algum tempo depois, os escritores em geral, os romancistas em particular, passaram a praticar uma literatura que resolveram chamar de "realista" ou, no caso mais radical, "naturalista" – trazendo para dentro da ficção os mesmos princípios científicos experimentados por toda a sociedade.

O Realismo consistiu basicamente em uma atitude desmistificadora por parte do autor do romance (e do conto, e do teatro): tratava-se de contar aquilo que a ideologia burguesa encobria, o que ia dos bastidores verdadeiros por exemplo do casamento (há inúmeros romances mostrando a mulher que trai, como o clássico francês do realismo que é *Madame Bovary*, romance de Gustave Flaubert publicado em 1857, que foi um escândalo público, ou de *O primo Basílio*, do português Eça de Queirós, lançado em 1878) ao desenho verdadeiro das condições de vida dos miseráveis (caso de *Germinal*, de Émile Zola, na França, publicado em 1885, ou do clássico *O cortiço*, de Aluísio Azevedo, brasileiro, lançado em 1890). Realismo quase sempre significa um narrador distanciado, contando as coisas em terceira pessoa, com base numa noção de verossimilhança: aquilo que se lê é descrito de tal modo que coincide com a realidade da experiência; naturalismo acrescenta a isso um traço de determinismo: os indivíduos não comandam seu destino, e sim são jogados a ele por forças superiores a sua deliberação, como a força dos instintos, a força da hereditariedade, a força do meio em que vive o personagem.

REGIONALISMO

Nos manuais de história da literatura brasileira, a palavra aparece como uma categoria serena, inquestionada, para designar certa tendência da narrativa, mas na opinião deste palpiteiro aqui a palavra deveria ser submetida a uma severa reavaliação. Chama-se regionalista parte do romance praticado por Alencar (*O sertanejo*, *O gaúcho*), por Bernardo Guimarães e outros, na altura de 1860 e 1870. Designa-se também com o termo um vasto conjunto de contistas naturalistas (que nos manuais aparecem sob o infamante rótulo "Pré-Modernismo"), Afonso Arinos, Simões Lopes Neto, Valdomiro Silveira, Monteiro Lobato e outros, que publicaram no começo do século 20. Para piorar a conversa, também são qualificados como regionalistas certos romancistas aparecidos nos anos 1930, como Rachel de Queiroz, Erico Verissimo e vários outros – nesse último caso, dependendo muito de quem usa o termo e de qual obra está em consideração. Nos mesmos manuais, eu diria que nunca, em momento algum, o termo "regionalismo" aparece como um reconhecimento de valor positivo; pelo contrário, sempre que é usado, ele funciona como uma senha de minoridade, como uma pecha de falta de qualidade – sugerindo, nas entrelinhas, que é uma pena que tais escritores tenham feito literatura tão acanhada, ou sobre tema tão pequeno, ou que enfim trata-se de obras menores, em toda a linha.

A prova disso se encontra no reverso do uso, quer dizer, nas situações em que não se usa o termo mas se poderia usá-lo, uma vez que se trata de obras também ligadas ao mundo rural e/ou ao mundo provincial (se o prezado leitor não tinha visto ainda, "regionalismo" é termo usado pela cidade em relação ao mundo da não cidade). É o caso da obra de Guimarães Rosa, toda ela referida ao mundo rural, principalmente ao mundo do sertão, que em poucas palavras pode ser definido como a parte do mundo rural ainda não alcançada pela lógica da Lei, do Estado e do Mercado. É também o caso de parte importante da obra de João Cabral, que ele próprio dizia tratar-se de literatura regional, porque se referia fundamentalmente a seu Pernambuco natal. Pode ser igualmente o caso mais recente da consagração da obra de Ariano Suassuna, que aparece com uma aura de exotismo meio chique, misturado com um primitivismo sutil, que a livra da vala comum do "regional".

É preciso admitir que há obras que lidam com o mundo rural e provincial e que têm ponto de vista medíocre e linguagem trivial, de tal forma que o resultado é, mais que nada, má literatura (com o detalhe de se debruçar sobre tema rural), e nesse caso faz por merecer o insulto de "regional"; mas não é verdade que qualquer obra que se dedique ao tema seja, por isso só, medíocre ou trivial, como deveria ser claro para quem lesse com olhos certos a obra de Simões Lopes Neto, a de Graciliano Ramos, e mesmo a obra de alguns autores rebaixados pela crítica urbanófila ou urbanólatra. O que ocorreu ao longo dos séculos 19 e 20 foi que a cidade, essa poderosa criação humana, tomou o lugar de critério de avaliação de todas as coisas, porque nela se localizam as instâncias do conhecimento formal, da inteligência acadêmica, da arte inventiva; até aí, tudo parece justo – mas não assim com a entronização da cidade como *único* critério de avaliação das coisas, quaisquer que sejam. O patético superior que Simões Lopes Neto alcança com sua prosa de linguagem e de tema rural não tem nada de trivial, e não pode ser submetida a uma lógica linear que a condene à companhia de autores que de fato tratam o mundo e o homem não urbanos com tola piedade e com exotismo frio, que rebaixam a literatura a mera choradeira pelo mundo do passado.

Pensando mais radicalmente ainda, "regionalismo" é termo tão nefasto que deveria ser posto de lado, em debate sério, em favor de termos mais precisos na descrição do fenômeno que abordam. Pessoalmente, prefiro sempre falar de "narrativa de tema rural", oposta e complementar à "narrativa de tema urbano", dois campos que abrigam, como em qualquer ramo da ação humana, maravilhas e porcarias, boa e má literatura, pura e simplesmente.

ROMANTISMO

Na segunda metade do século 18 europeu, a máquina a vapor é incorporada ao processo de produção, alterando para sempre o ritmo e a qualidade da produção; configura-se então a era industrial, com reflexos para todo o sempre. Na política, ocorre a independência das treze colônias inglesas, em 1776, dando origem ao país que hoje é a sede de um império mundial, os Estados Unidos. Foi uma lição, ou pelo menos uma esperança; dali por diante, todas as colônias americanas começariam a pensar nas suas possibilidades. Na Europa, durante a Revolução Francesa, em 1789 foi derrubada uma monarquia em país central, dando lugar a uma república que postulava a igualdade primordial de todos os homens. "Igualdade, fraternidade e liberdade", dizia a novidade, que definiu o Ocidente, tal como o conhecemos.

As cidades concentraram pessoas vindas de toda parte para buscar a liberdade em relação à terra, o emprego na indústria, a ascensão social, a vida burguesa. O cidadão, qualquer um, passou a ser a medida das coisas, detentor de direitos (ao trabalho, à livre associação, à imaginação, à escola). Estava acabado o tempo dos privilégios aos nascidos em famílias de "sangue azul". Em suma, temos aqui o quadro do que foi o caldo de cultura que originou o Romantismo. Tendência libertária, ele reinventou quase tudo: conferiu dignidade às coisas mais triviais, prestigiou as formas simples, a vida do presente. Definiu a importância das culturas nacionais e mudou totalmente a noção do que era ser artista: até então, artista era um sujeito hábil em repetir determinados padrões já assentados na tradição; a partir do Romantismo, artista é o que inventa, o que cria aquilo que não existia. Antes, literatura e outras modalidades artísticas se ocuparam ou da tradição clássica ou das coisas envolvidas na tradição cristã; depois, esses temas perderam quase totalmente o prestígio. Pode-se dizer que até hoje a maior parte das noções sobre arte, seus limites e suas tarefas, foi definida pelo Romantismo: nós pensamos, como os românticos, que a arte deve ter relação direta com a vida real; que o indivíduo é realmente a medida das coisas; que o artista é um sujeito que sofre mais que nós e expressa sua experiência de modo exemplar, cumprindo assim uma espécie de missão; que a arte deve sempre se renovar.

No Brasil e na América em geral o Romantismo foi um imenso sucesso, naturalmente, porque dava corpo e substância a nações que começavam a existir. No Brasil depois de 1822, havia todo um país para ser pensado. Era preciso dizer como eram as pessoas, as cenas, a natureza desse novo país, e aí entraram o índio, embora na vida real ele não vivesse por perto (estava já expulso para o sertão e para a mata profunda), o escravo (na poesia de Castro Alves, exemplarmente), até mesmo o caipira, o homem do mundo rural. Por outra parte, a ênfase no indivíduo deu vazão a uma enormidade de poemas e romances de amor, característicos até hoje. Costuma-se datar o fenômeno histórico do Romantismo entre o ano de 1836, quando da publicação dos *Suspiros poéticos e saudades*, de Gonçalves de Magalhães, e o fim da década de 1870 ou pouco depois (pode-se tomar 1881, ano de publicação do irreverente romance *Memórias póstumas de Brás Cubas*, de Machado de Assis, e também da publicação do romance naturalista *O mulato*, de Aluísio

Azevedo, ou 1884, ano das *Meridionais*, do parnasiano Alberto de Oliveira). Quanto a leituras europeias, há muitas opções, mas não se pode deixar de recomendar o *Werther*, romance de Goethe que expõe a nova sensibilidade, a exacerbação dos sentimentos, o arrebatamento das paixões.

PARNASIANISMO

Na poesia brasileira, na sucessão ao Romantismo, havia várias alternativas: poesia realista, poesia científica, até poesia positivista – estas claramente afinadas com o Realismo e o Naturalismo. No entanto, a tendência que ganhou o maior prestígio foi a chamada poesia parnasiana, inaugurada com a edição do livro *Meridionais*, de Alberto de Oliveira, em 1884. Muito diferente da poesia romântica, mais contida do que efusiva, mais cerebral do que emotiva, mais descritiva do que narrativa, ela se apresentava como cultora da tradição neoclássica, o que era uma marca até então tida como velharia, mas que os parnasianos restabeleceram como critério de bom gosto, de refinamento. Foi comum, assim, o apego a temas neoclássicos, assim como às formas dessa origem – foi um período de ouro do soneto, forma fixa de poesia inventada pelo Renascimento.

Por que o Parnasianismo foi tão vitorioso no Brasil? A pergunta ainda hoje não está totalmente respondida. Começa que ele parece em contradição total com a história: a sociedade brasileira fervendo de mudanças – Abolição, República, luta política, a guerra contra Canudos, legiões de ex-escravos vivendo de modo abjeto nas grandes cidades –, numa ebulição social acompanhada pelo romance (*O cortiço*); contra isso estava a poesia parnasiana, fria e indiferente, tematizando coisas raras e distantes, e, mistério, permanecendo por muito tempo como a forma por excelência do fazer poético. Não é o caso de pensar em Bilac e os demais poetas como coisa fora do tempo; eles estavam era praticando uma forma de arte como negação deliberada da vida real, quer dizer, da arte como construção ideal, rara, bela justamente porque distante da vida. Isso em parte explica a (e é simultaneamente explicado pela) posição do intelectual e do escritor naquela sociedade, extremamente desigual. Vale dizer que na Europa e na quase totalidade dos países americanos, o Parnasianismo foi uma moda totalmente secundária, ao contrário do prestígio que aqui teve (e tem!).

Assim, o Parnasianismo – cujo nome deriva de Parnaso, monte da Grécia central onde moravam Apolo e as musas, na mitologia, e daí nome utilizado desde o século 18 para designar a morada simbólica dos poetas, os que são prestigiados pelas musas – foi um estilo poético significativo no país: os poetas preferiam manter distância das coisas reais, em favor de um trabalho formal apurado, com a poesia apresentando-se como impassível diante do mundo. A moda parnasiana teve enorme sucesso, desde os anos 1880 até pelo menos a década de 1920, se não mais adiante ainda, dominando totalmente o cenário e ditando a moda, incluindo aqui a criação da Academia Brasileira de Letras, que nasceu de dentro desse fenômeno. Nem a proposta simbolista, nem as posições modernistas obtiveram sucesso antes de 1930. E isso diz muito sobre nosso país.

SIMBOLISMO
Por certos aspectos externos da poesia simbolista – o soneto perfeito, os versos decassílabos perfeitos –, se

trata de poesia parnasiana; mas nas entranhas do conteúdo abordado e da perspectiva acerca do mundo e do homem, o Simbolismo é uma espécie de reverso do Parnasianismo: onde Bilac é afirmativo, Cruz e Sousa é dubitativo; onde Alberto de Oliveira descreve um objeto externa e friamente, Alphonsus de Guimaraens faz aflorar uma dor interna. O poeta parnasiano é um sujeito confiante, que faz de sua poesia um discurso sereno; o poeta simbolista é um torturado, que faz de sua poesia uma companheira de infortúnio.

A raiz histórica do Simbolismo está em certos poetas românticos que se desencantaram do mundo e celebraram o lado noturno da vida. Os simbolistas ressaltarão os aspectos mais desesperados da herança dessa geração perdida.

O primeiro mestre dos simbolistas foi o francês Charles Baudelaire; foi o primeiro a buscar expressividade da linguagem para além do uso trivial das palavras. É dele o famoso poema "Correspondências", que estabelece relações entre sentidos que na nossa experiência racional estão rigidamente separados – vista, olfato, tato, audição e gosto, sim. "Os sons, as cores e os perfumes se harmonizam", diz o poema, e aqui temos uma pista para entender o significado do termo "simbolismo": para o poeta e seus seguidores, valia a pena tentar usar a linguagem humana em dimensões mais sugestivas do que declarativas, mais simbólicas do que reais, chegando às dimensões musicais, suprema conquista, quando a linguagem humana é usada não para dizer mas para encantar.

Os poetas produzirão poemas, então, muito distantes daquela serenidade parnasiana, em que as palavras são forçadas a significar exatamente aquilo que o poeta quis, racionalmente, que elas significassem. Com o Simbolismo, a poesia ocidental entra num caminho obscuro, destinado a levar a arte até lugares, temas e significações que a linguagem racional evitava cuidadosamente. Por isso a enorme intimidade entre o Simbolismo e as tendências da pintura que fugiram à representação figurativa, preferindo o caminho da abstração, tendências nascidas do Impressionismo e do Expressionismo. Os temas em que o poeta simbolista opera melhor são aqueles que fogem ao mundo racional: sonhos, devaneios, pesadelos, delírios, sensualidade (esta em associação com a transgressão moral), loucura, religiosidade, morte; o poeta preferirá palavras e construções que conduzam ao mundo das sensações, e daí o uso de palavras raras, ligadas ao mundo sugestivo e grafadas muitas vezes com maiúscula, como forma de atribuir a condição de entidades autônomas a coisas comuns (o Sonho, o Delírio, o Sexo, etc.); e daí também certa preferência por reiterações, enumerações e construções sintáticas nominais (frases sem verbo), que conferem à frase um reforço em sua condição de sugestividade, privada da condição de afirmatividade. O Simbolismo é o oposto da visão positivista das coisas.

Em vários países, o que nós no Brasil chamamos de Modernismo nasceu de dentro do Simbolismo; em nosso país, porém, o Simbolismo parece um corpo estranho, talvez mais estranho que noutros países. Em parte, isso se explica pelo estrondoso sucesso do Parnasianismo brasileiro, que sufocou as outras linguagens (e o Parnasianismo ficou ainda mais marcado na história da literatura brasileira do século 20 porque foi o alvo escolhido pelos modernistas paulistas, que, na opinião deste comentador aqui, escolheram um alvo esteticamente menor, ainda que ideologicamente poderoso, em sua época – mas é de especular: se tivessem os modernistas medido suas forças com o Simbolismo, aí encontrariam um obstáculo esteticamente poderoso, e eles, modernistas, precisariam crescer na briga, coisa que os parnasianos não requereram, por sua relativa trivialidade estética, que os modernistas derrubaram com um par de gritos); por isso, todas as novidades estéticas ligadas ao Simbolismo, na literatura e nas artes plásticas, tiveram quase nenhum espaço.

Mesmo assim, é notável a circunstância de que os grandes poetas simbolistas, assim como verdadeiros movimentos de poetas seguidores dessa corrente estética, só floresceram mesmo na periferia do país – Cruz e Sousa é catarinense, Alphonsus de Guimaraens é mineiro; Porto Alegre e Curitiba viram nascer grupos importantes de simbolistas. (De certo modo, podemos com isso reforçar a ideia de marginalidade do Simbolismo no Brasil: os temas eram marginais, como a loucura, a religiosidade e a morte; socialmente a poesia permaneceu marginal, porque não ganhou o prestígio que esteticamente merecia; e geograficamente também foi marginal.)

O Simbolismo, por tudo isso, merece ser pensado. Sua capacidade de aceitar o desafio da ousadia, de enfrentar o gosto médio estabelecido pelo Parnasianismo, de viver a vertigem do desconhecido, faz dele um marco da poesia moderna no Ocidente. Se é verdade que os poetas simbolistas eram tão difíceis de entender quanto os parnasianos, se é que não eram mesmo mais difíceis de compreender, por outro lado é de ver que sua estética antecipou muito do que será seguido ao longo do século 20 pela melhor poesia.

Bibliografia mencionada

CANDIDO, Antonio. *Formação da literatura brasileira*. Belo Horizonte: Itatiaia; São Paulo: Edusp, 1975, 5. ed.

_____. *Literatura e sociedade*. São Paulo: Nacional, 1976. 5. ed.

_____. *A educação pela noite e outros ensaios*. São Paulo: Ática, 1987.

DACANAL, José Hildebrando. *A nova narrativa épica no Brasil*. Porto Alegre: Mercado Aberto, 1988.

HALLEWELL, Laurence. *O livro no Brasil*. trad. Maria da Penha Villalobos e Lólio Lourenço de Oliveira. São Paulo: TAQueiróz, 1985.

SARMATZ, Leandro. "Nossa pequena grande arte". *Superinteressante*. São Paulo: Abril, edição número 158, novembro de 2000.

SCHWARZ, Roberto. *Ao vencedor as batatas*. São Paulo: Duas Cidades, 1977.

_____. *Sequências brasileiras*. São Paulo: Cia. das Letras, 1999.

WATT, Ian. *A ascensão do romance*. Trad. Hildegard Feist. São Paulo: Cia. das Letras, 1990.

Agradecimentos

Tomei a categoria do "singular" emprestada de meu amigo Aníbal Damasceno Ferreira, leitor dos mais exigentes. Tenho dívidas intelectuais para com pelo menos quatro professores: ao vivo, José Hildebrando Dacanal e Flávio Loureiro Chaves; de longe, Antonio Candido e Roberto Schwarz. Agradeço o convite e a confiança de Leandro Sarmatz, amigo do peito e do cérebro, que conhecia essas ideias há tempos e me convidou para escrever o que acabou sendo a primeira encarnação deste livro, numa série de publicações brotadas da revista *Superinteressante*, no ano de 2003. Dois outros amigos foram muito importantes para que este livro viesse ao mundo: Homero Araújo, colega de trabalho e de militância "formativa", e Ian Alexander, que tem sabido formular melhor que ninguém uma leitura de conjunto sobre o mundo colonizado. O "Modos de Usar" foi inventado pela Julia, quer dizer, Julia da Rosa Simões, que colaborou com bem mais do que ideias para sua realização, ainda antes da chegada do nosso filho, o Benjamim.

Sobre o autor

Luís Augusto Fischer nasceu em 1958, em Novo Hamburgo (RS). Desde 1984 leciona Literatura Brasileira na UFRGS. É colunista dos jornais *ABC Domingo* e *Zero Hora*, e colaborador eventual do jornal *Folha de S.Paulo*, e das revistas *Bravo!* e *Superinteressante*. Publicou, entre outros, *O edifício do lado da sombra* (Artes e Ofícios, 1996), *Para fazer diferença* (Artes e Ofícios, 1999), *Dicionário de Porto-Alegrês* (Artes e Ofícios, 1999; L&PM Pocket, 2007), *Dicionário de palavras & expressões estrangeiras* (L&PM, 2005) e *Quatro negros* (L&PM, 2005), que recebeu o Prêmio de Melhor Novela da Associação Paulista de Críticos de Arte.

COLEÇÃO 64 PÁGINAS

LIVROS QUE CUSTAM SEMPRE R$ 5,00!

DO TAMANHO DO SEU TEMPO.
E DO SEU BOLSO

E-BOOKS R$ 3,00!

L&PM POCKET